세 번의 죽을 고비를 넘기고 보이는 것들에 대하여

돌아보니 다 아름다웠더라

세 번의 죽을 고비를 넘기고 보이는 것들에 대하여

돌아보니 다 아름다웠더라

초판인쇄 2024년 9월 25일
초판발행 2024년 9월 30일

지은이 이종순
발행인 조현수
펴낸곳 도서출판 프로방스
기획 조영재
편집 문영윤
마케팅 최문섭

본사 경기도 파주시 광인사길 68, 201-4호(문발동)
물류센터 경기도 파주시 산남동 693-1
전화 031-942-5366
팩스 031-942-5368
이메일 provence70@naver.com
등록번호 제2016-000126호
등록 2016년 06월 23일

정가 17,800원
ISBN 979-11-6480-365-1 (03810)

세 번의
죽을 고비를
넘기고
보이는 것들에
대하여

돌아보니 다 아름다웠더라

이종순 지음

프로방스

프롤로그

세 번 죽다 살아나니 보이는 것들에 대하여

'죽겠다'라는 말을 참 많이 쓴다. 배가 고파서 죽겠고, 심심해도 죽겠단다. 짜증이 나도 죽겠고, 힘들어서 죽겠다고 한다. 막상 말은 그렇게 하지만 정작 우리가 언젠가는 죽는다는 사실을 인식하지 못하는 사람처럼 살아가곤 한다. 가깝고도 먼 죽음이라는 존재. 그 죽음과 정면으로 얼굴을 맞이했기 때문일까. 그것도 세 번이나. 나에게 죽음은 더 이상 먼 존재가 아니다.

나의 죽음은 지금도 현재진행형이다. 암 환자가 흔하디흔한 시대라지만 나의 이야기가 되면 달라진다. 아직 개발된 약도 없는 신생악성종양에 걸려 차라리 죽기보다 더 힘들었던 항암과 방사선 치료과정을 거치면서 나는 '죽음'을 각오했다. '죽겠다'는 이럴 때 쓰는 말이었다. 남아 있는 가족들이 조금이라도 덜 힘들게 하려고 모든 주변 정리를 마쳤다. 아끼던 옷도, 몇십 년간 써오던 일기도 모두 버렸다. 혹시라도 나의 흔적이 가족들에게는 사무치는 그리움이 되지 않도록 내 손으로 버리고 싶었다. 그랬던 내가 지금은 '저는 암 환자가 아니라 암 경험자입니다!'를 외치고 다니는 사람이 되었다. 죽음과 삶은 겨우 1도의 차이만 있을 뿐이다. 겨우 1도의 각도만 어긋나도 아예 다른 곳으로 날아가 버리고 마는 로켓처럼, 단 1도만 '살아야겠다'로 마음을 바꿨을 뿐인데 내 몸은 거짓처럼 죽음에서 점점 멀어지고 삶을 향해 흐르고 있다.

생각해 보니 나는 이미 그런 경험을 했었다. 2014년 부산 기장 좌천에 물폭탄이 쏟아지던 그 현장에 내가 있었다. 자동차 하나쯤은 여리디여린 꽃잎처럼 제 맘대로 다루던 소용돌이에서 살아남는다는 것은 불가능에 가까운 일이다. 그럼에도 나는 기적처럼 살아났다. 거센 물살에 정신없이 휩쓸려 가면서도 나뭇가지 하나를 잡았고, 메고 있던 가방을 나무에 단단히 묶으며 의지했다. 지금 돌이켜 생각해봐도 도대체 무슨 정신으로 그럴 수 있었는지 모른다. 그저 '우리 딸 결혼해서 산후조리할 수 있을 때까지만 살게 해주세요.'라는 간절함의 힘이었을 것이다. 그러나 사람의 마음이란 얼마나 연약한가. 그렇게 끈질기게 살아남은 지 얼마나 됐다고, 어떻게 해서 지켜낸 목숨인데, 나는 스스로 그 목숨을 끊으려 했다.

'이렇게 구차하게 살아서 뭐해! 깨끗하게 살다 가야지!'

49대 51이었을 거다. 살고 싶은 마음보다 죽고 싶다는 마음 쪽으로 겨우 1도만큼 기울었을 뿐이고 그렇게 나는 잘못된 선택을 내렸다. 그런데 살았다. 그래놓고 사람의 목숨을 가지고 장난을 하나, 암 환자라니. 기막혀서 웃음이 날 것만 같았다. 그러나 덕분에 알게 되었다. 살아야겠다는 간절한 의지만 있다면, 또 한 번의 기회가 올 수 있다는 것을. 그리고 삶이란 이렇게나 아름다운 존재라는 것을.

세 번 죽음의 문턱까지 갔다 온 내게 지금은 그 힘든 날들이 모두 영양분이 되어 돌아오고 있다. 그 시절을 잘 견디어 온 날들은 하나의 빛나는 보석이기도 하다. 어느새 암 환자에서 암 경험자라는 말을 하고, 한 걸음 내딛기도 힘들던 그날의 모습은 어디론가 사라지고 새로운 인생 2막의 삶을 살고 있다. 꿈이었던 시인이 되었고, 나를 돌아보는 시간을 가질 수 있는 사람이 되어가고 있다. 이런 시간이 되고 보니 보이는 것들이 있다. '지나온 나의 힘들고 아픈 시절도 돌아보니 참 아름다웠구나!'라고 말이다.

누구나 힘들고 고통스러운 날들이 있다. 그렇기에 '삶이 불행하다.'라는 생각을 하게 되고, '나만 왜 이럴까?'라는 생각을 하게 되더라. 하지만 그 모든 것들이 내일의 내가 살아가는 밑거름이고 성장통이라는 게 보일 때가 반드시 있다. 언제이건 우린 우리 자체로 아름답고 빛나는 존재라는 것이다. 내가 그랬듯 이 글을 읽고 있는 당신도 지금 이 순간이 아름답고 빛나는 사람이라는 것을 잊지 않았으면 한다. 인생은 희로애락이 담겨져 있고, 그 순간순간이 쌓이다 보면 어느새 빛나고 행복한 시간들이라는 것을 이야기해 주고 싶다. 손녀의 탄생이 나를 살아가도록 희망을 주었듯이, 지금 이 글을 읽고 있는 당신에게 나의 글이 아름다운 희망의 메시지가 되어 새로운 삶의 꽃이 필 수 있기를 간절히 바란다.

차 례

제1장

사랑, 그럼~
사랑으로 다 채울 수 있어

제2장

혼자가 아닌 함께였기에 행복했던 시간들이 더욱 그리워

제3장

죽을 것 같은 시간도 지나고 보니 삶의 경험이 되었어

제4장

살아보니
보이기 시작하는 것들이 있어

제5장

나의 마지막은
너와 함께하고 싶어

제6장

시와 함께 하는 시간

제1장

사랑, 그럼~
사랑으로 다 채울 수 있어

두 번째 산타의 내리사랑

"Merry Christmas~~ 흰 눈 사이로 썰매를 타고 달리는 기분 상쾌도 하다~"

차가운 밤거리에 온통 성탄절 분위기가 물씬하고 TV, SNS에는 크리스마스 노래가 세상을 들뜨게 한다. 해마다 이맘때면 온 세상이 아름다운 크리스마스트리로 변하는 시절이다.

아파트 입구 진입로마다 다른 아파트와 경쟁이라도 붙듯이 화려한 크리스마스트리를 꾸몄고, 커다란 아치엔 그야말로 캐슬의 웅장함을 의미하는 멋진 트리들이 보는 사람을 행복하게 만들고 있다.

30여 년 전 크리스마스 때는 늘 하던 산타가 되는 준비를 했었다. 그야말로 아이들이 알고 있는지 모르는지 조금의 의심도 없이 마냥 행복하게 산타 할아버지의 선물이라는 명분 아래 선물을 고르고 포장하여 아이가 자는 머리맡에 선물 꾸러미를 두곤 했다. 지금 생각해 보니 그 시절이 인생의 최고 빛나는 보석 같은 시간이었다.

한없이 찬란한 행복의 시절에 산타의 보따리는 많은 것들을 넣을 수 있어 더욱 행복했던 시절이었다. 평생 한 번만 이렇게 행복하게 산타가 되어 보고 끝날 줄 알았다. 나이가 들어 다시 산타가 되리란 사실은 꿈에도 생각해 본 적이 없었다. 내게 손녀가 생기기 전까지는...

이제는 두 번째 산타가 되어 녀석 몰래 선물을 사서 또다시 머리맡과 크리스마스트리 밑에 선물을 놓아두는 행복을 되씹고 있다. '예전에 나의 시아버님이 하셨던 모습 그대로 나도 그러고 있네?'라는 생각을 갖게 하는 지금이다.

시계는 어김없이 돌아가서, 손녀가 3돌이 지나니 이제 언어를 구사하며 제법 대화가 되어가고 산타 할아버지를 알아가고 있다.

"할머니, 윤서는 음~~ 산타 할아버지한테~ 아기 상어랑, 아빠 상어 인형을 선물로 주세요~ 했떠요."라고 한다. 손녀의 요즘 최애 관심은 아기 상어 가족들이다. 그러니 당연히 그럴 것이라는 생각도 들었다. 산타 할아버지 역할은 생에 한 번으로 끝일 거 같았던 삶이 살아보니 그게 아니듯, 매일이 한 번으로 끝나는 일상이 아니라 끊임없이 이어지는 새로운 행복이고 기쁨인 것을 흰머리 성성한 이 나이에 다시 느낀다.

나의 부모가 그랬듯 나도 할머니가 되어보고, 손주의 내리사랑을 알아 가다 보니 세월이란 녀석은 그 시간의 쳇바퀴 속에서 비켜 갈 수 없는 것이 삶의 원칙임을 깨달았다. 사랑이 없으면 긴병에 효자 없다는 말은 진실이다. 한 번 사는 인생이라는 생각이 드는 순간 이미 흰머리 중년이 되었고, 그 속에서 사는 게 무엇인지를 돌아보게 되는 시간도 가져 보게 된다.

내 아이를 키울 때 성탄절 산타 할아버지 대행은 태어나 처음 하는 산타 노릇이라, 무작정 다른 사람들 하는 것 따라 하듯이 모든 걸 떠밀려 하였고, 백발이 성성한 이 나이에 맞이한 성탄절 산타 선물은 젊은 시절 복습과 추억으로 조금은 의미 있는 것을 주기 위해 마음과 정성을 가득 담아 고르게 된다. 녀석이 산타를 알게 되는 즈음엔 좀 더 기억에 남는 선물과 의미를 부여하고 싶은 것이 솔직한 마음이다.

사람의 마음은 때로는 변하는 것이지만, 세월이 변해도 변하지 않는 것이 있다. 그것이 자식에 대한 사랑이고, 나아가 자식의 자식에 대한 손주라는 애틋한 새싹에 대한 내리사랑이다.

남이 다 하는 삶을 살아보는 것! 누구나 다 하는 삶을 살아보는 것! 세상에 태어났으니 한 번은 꼭 해보아야 하는 것! 그것은 내리사랑이다. 가족을 이루고 자식을 낳아 길러 보는 부모라는 것이다.물론 비혼주의도 나는 좋아한다. 모든 환경에서 자유롭고 나를 더 나답게 만들어 갈 수 있는 그런 삶도 내가 내세에 다시 태어나면 꼭 해보고 싶은 것이기도 하다.

나의 부모님이 그랬고 내가 그렇듯, 내리사랑의 의미를 세월이 짙게 내려앉으니 비로소 알게 되는 시간! 그것은 두 번째 산타가 되어서야 느끼지 않을까 한다. 나처럼 세월의 흐름을 느끼지 못한 나의 인생 후배들도 이런 마음을 알게 될 것이다. 두 번째 산타가 되고 나이가 들어가니 흘러가는 세월이 아깝고 싫을 수가 있다는 것을 비로소 알게 되는 감사한 시간이다.

내 딸이 나의 나이 때가 되어 이 마음을 알게 되면 나의 내리사랑에 대해서도 같은 마음일 것을 알기에, 천방지축 젊은 리즈 시절의 첫 번째 산타보다 지금의 두 번째 산타가 되어 보는 시간은 내 삶의 가장 행복한 축제의 시간이다. 세상이 변하고 사람도 변하지만, 변하지 않는 것은 가족에 대한 사랑인 것을 절실히 느끼는 것. 그것이 내리사랑이다. 생애 두 번째 산타의 내리사랑은 하얗게 눈꽃 송이가 내려앉는 나의 머리 위에서부터 전율을 내리게 한다. 세월이 흘러가도 변하지 않을 두 번째 산타의 길은 짙어가는 황혼을 아름답게 하는 원심력이기도 하다.

사랑은 응원해주는 것

"그만 좀 주무세요!! 무슨 고시 공부하는 것도 아니고 이 나이에 뭘 그리 하노?

정상인도 아니고! 잠을 잘 자야 몸도 버틸 거 아닌가 이 사람아~"

자기개발을 하고 있는 나에게 남편의 잔소리 아닌 잔소리가 쩌렁쩌렁하게 들려온다. 올해 초부터 자기개발 한답시고 매일 책 읽고, 공부하고, 그것도 모자라 책을 쓰고, 사진 찍고, 블로그에 올릴 글을 작성하는 나를 보며 매일 하는 남편의 잔소리이다.

남편의 걱정을 이해 못 할 바도 아니다. 훨훨 날던 청춘도 아니고 60대의 나이인데다 얼마 전까지는 '암 환자'라는 멍에를 짊어졌던 사람이니. 걱정될 법도 하다.

하지만 어쩌겠는가. 나는 침대에 누워있는 것보다 이렇게 앉아서 책을 읽고, 강의를 듣고, 느릿느릿하더라도 블로그를 하면서 많은 사람과 소통하는 것이 더 즐거운 걸.

이부자리 위에 누워있는 것이 내 몸을 편하게 해줄지언정, 내 마음을 위로해주고 힘을 주진 못했다. 객관적으로 분석한다면 몸은 더 힘들지 몰라도 내 마음은, 내 컨디션은 훨씬 더 맑음이다. 그러니 모든 병이 마음에서부터 시작한다는 뻔한 말을 이제 나는 믿는다. 무엇보다 남편의 변화가 말해주기 때문이다. 걱정어린 잔소리로 나를 못마땅해 하던 남편은 "오늘도 강의 듣습니까? 자~~ 차 한 잔 드시면서 공부 하세요~~"라며 건네주는 고마운 곰돌이 아저씨가 되어 간다.

물론 이런다고 남편이 나를 걱정하지 않는 것은 아니다. 그저 걱정 한 스푼에, 응원 한 스푼 담긴 차를 건넬 뿐. 그런데 듣는 사람이나 말하는 사람이나 기분은 훨씬 좋아진다.

사랑은 그 사람이 좋아하는 일을 말리는 것이 아니라, 응원해주는 것이다.

지게꾼 남편의 지극한 사랑

부리부리한 눈, 짙은 눈썹, 큰 쌍꺼풀의 남자. 세상모르던 그 시절, 나의 눈에 들어온 콩깍지 잔뜩 씌인 내 눈에 비친 남편의 첫인상이다. 세월이 지난 지금 그 모습은 간데없고 희끗한 백발 성성 중년의 아재가 바로 내 앞에 있다. 부모님께 “아니요.”를 못하고 “못합니다.”를 못한 효자 중의 효자였다. 남에게 싫은 소리 하기 싫고, 싫은 소리 듣기 싫어하는 대쪽 같은 사람, 애지중지 호동왕자로 살아왔던 남자가 평생지기 아내를 위해 지병이 있음에도 불구하고 아내의 병시중을 혼자 감당했던 참 감사한 사람이다. 투병 중 삶을 포기하고 있을 때 아픈 마누라 잘못될까 염려하여 한없는 배려와 사랑으로 24시간 옆을 지켜온 이 남자를 보고 감사하다, 고맙다, 살아 야겠다고 마음먹기 전, 정말 죽을 것처럼 미워하던 말도 안 되는 시기가 있었다. 모든 게 이 남자 만나서 이렇게 되었다고 마음에 쇠말뚝을 박은 듯 새긴 주홍 글씨처럼 칼날 시퍼런 한마디 한마디로 상처를 입혔다. 무엇이 그렇게 만들었을까? 아무리 생각해도 그건 진정한 내가 아니었다. 내 안의 마음이 독기를 잔뜩 쏟아 내고 떠나려는 심정이었던 것 같다.

여린 색시 시집살이 시킨 게 미안해 평생 1순위로 나에게 맞춰 살아준 감사한 사람인 걸 알지만, 어느 순간 독을 품은 장미의 가시 같은 말을 내뱉는 처절한 복수극을 하는, 참 말도 안 되는 잠깐의 시간이 있었다.

첫 항암 후 시작된 응급실행에서 코비드 시대의 병원이 다 그렇듯, 대학병원 문턱은 더욱 높았다. 고열로 힘들어진 아내의 모습을 보다 못해 응급실 대기실에서 내 두 귀를 의심할 정도로 목청을 높여 의료진을 불러냈던 남자이고, 아픈 나보다 당신이 더 아픈 것 같은 모습은 아직도 잊히지 않는다. 그렇게 입 퇴원을 오가며 힘들게 항암을 끝냈을 때 남편의 머리는 더 하얗게 눈이 내려있었다.

잘 먹어야 한다는 담당의 말을 잊지 않고 먹으면 올리는 아내를 위해 조금이나마 먹여 보려 여러 가지 메뉴를 바꿔가며 사다 날랐다. 움직이며 운동을 해야 한다는 말에 침대에 밀착된 병든 마누라 일으켜 햇빛을 받게 하려 부축해 아파트 공원에 데리고 가던 사람이다.

멀리 있는 자식들은 아픈 마음만 보탤 뿐, 진정 나의 옆에서 손과 발이 되어 수발하던 고생 많았던 나의 두 발과 두 손이 되어 주었던 남자.

올해로 급성심근경색으로 쓰러진 지 7년이 넘었다. 그리고 후유증으로 인한 급성 당뇨로 위험한 상황까지도 갔었던 심장이 40%정도밖에 제 구실을 하지 못하는 심장병 환자이기도 하다. 죽음의 순간을 문 앞에 둔 이 남자를 살려 달라 울며불며 간절히 기도하던 새벽이 아직도 잊히지 않고 생생한데 그런 남자가 나의 병간호를 하고 있는 현실도 암울한 상황으로 다가왔던 시간이었다. 엎친 데 덮친다고 하였던가. 하늘은 참으로 무심하고 미운 존재였고 원망스러운 상대였다.

2021년 겨울비 내리던 그날 밤, 방문을 굳게 잠그고 수술을 받기 위해 가방을 싸던 그 밤, 이미 모든 걸 놓아 버린 내가 지금 이렇게 잘 버티고 지내는 건 내 남편의 진심 어린 사랑의 간호 덕분이다. 늙고 주름진 얼굴로 마주하며 서로 웃을 수 있고 대화할 수 있는 지금이 참 감사하게 느껴지고 행복하다. 남은 인생에서 최고 젊은 오늘을 살고 있기에 당신과 신혼 때의 그 마음이

다시 오지 않았나 생각해 본다. 부부란 그런 건가 보다. 한 사람이 넘어지면 받쳐주고 기댈 수 있는 사이. 마치 지게의 모습과 같은 사이.

떨어지는 태양의 노을이 더 아름다워 보이는 이유를 이제야 알아가고 있다. 평생을 자식보다 아내가 1순위였고, 당신보다 아내를 1순위로 대접해 준 남자에게 볼 것 못 볼 것 다 보게 한 내가 할 수 있는 건 "사랑합니다. 감사합니다."뿐인 것 같다. 항암 중 항생제 부작용으로 퉁퉁 부어오른 미쉐린 같은 아내를 부끄럽지도 않은지, 데리고 나가 고기도 사 먹이고 카페도 가던 날들, 먹으면 토할 거 뻔히 알면서 몸에 좋다는 청국장을 억지로 먹이기 위해 열심히도 움직였던 고마운 사람. 방사선 후유증으로 무더운 여름날 치료 부위의 수포가 가득 찬 나의 상처를 드레싱해 주며 가슴 아파하던 시간 속에 당신의 투박한 손은 어느새 세심한 조심성으로 변해 있었다. 항암으로 다 빠져버린 민머리 아내의 부끄럼을 생각해 덥다며 모자를 벗으라던 남자이기도 하다. 내색하지 않고 시중 들어 주던 시간들은 사랑이 있기에 가능했다. 나이가 들어갈수록 느끼는 부부라는 진한 사랑의 끈이 이런 게 아닐까. 늙고 주름 움푹 파인 남편 이마의 굵은 주름 하나는 내가 새겨준 주홍글씨인 거 같아 마음이 아프다. 세월의 흔적과 함께하는 당신 이마의 주름 하나를 미워 말고 사랑으로 어루만져 줄 수 있는 시간이 남아 있음에 감사한 시간을 보낸다.

남편의 지극한 사랑으로 이겨낸 지난 시간은 건강해진 지금의 나로 이어졌고, 이제는 암 환자가 아닌 암 경험자라고 당당히 이야기할 수 있게 되었다. 사랑하는 마음이 있어야 무엇이든 할 수 있고 이겨 낼 수 있는 법이라고 하던 말들을 남편의 지극한 병시중으로 감사함을 느끼는 지금은 더욱 믿는다. 사랑은 인간이 가진 가장 큰 축복이고 행복이라는 것을 부부라는 지게에 비교해 준 말들이 새삼 이해가 가고 믿어지는 것은 극한 상황에 처해본 내가 감히 할 수 있는 강한 비교의 단어이다. 한쪽이 기울면 다른 한쪽은 받쳐주는 '지게' 부부는 그런 사이이다.

행복의 기준은 무엇인가?

"여보세요~ 대리운전 콜센터죠? 여기 여성 대리기사님 좀 부탁드립니다~"

한창 자영업을 하며 회사를 키워나가던 어느 때 저녁 전화 내용이다. 운전을 한 지 20년이 넘었지만, 대리운전을 부르는 일은 다섯 손가락 안에 들어갈 정도로 술을 먹지 않는다. 업무상 식사를 하고 2차를 가야 하는 일이 자주 있지만, 아무리 큰 비즈니스 건이라도 2차는 되도록 가지 않는 것이 나의 철칙이었다. 40대의 젊은 여자 오너이다 보니 되도록 빈틈을 주지 않으려는 나의 처세술이었다.

그런 와중에도 피치 못해 한잔할 수밖에 없는 일이 생겨, 그날은 대리운전을 부를 수밖에 없었다. 여성인 나를 배려한 상대 업체에서 여자 대리운전자를 부르라며 일러 주었다. 그때 오신 기사님은 나와 비슷한 연배의 여성이었다. 그날 차 안에서 대리 기사님과 잠시 이야기를 나누는 과정에서 엄마라는 이름은 참으로 큰 바다라는 생각을 새삼 하게 되었다. 가장의 무게가 얼마나 무거운지를 간접적으로 느꼈던 시간이기도 했다. 아들 셋과 병환 중인 시아버지, 그리고 남편을 두고 있는 가장 아닌 가장이셨다. 아이 세 명 중 한 명은 장애인으로 특수학교에 다니고 있다고 했다. 다른 건 다 그런가 보다 하고 넘어갈 수 있었는데, 아픈 아이의 이야기를 듣는 순간 엄마라는 같은 동질감에 마음이 아려 왔다. 얼마나 힘들까. 집안의 가장 역할로 아픈 자식을 위해 남들보다 더 힘든 삶을 살지만, 이야기하는 내내 그녀의 얼굴에는 미소가 떠나지 않았다. 나의 마음은 많이 무겁고 아팠는데, 그녀의 마음은 나와 같지 않음을 느끼고 집에 돌아와 잠시 생각해 보았다.

유독 아픈 아이의 이야기를 할 때면 그녀의 얼굴에 미소가 끊이지 않았다. 아이는 13세이지만 정신 연령이 5세 정도의 수준이라 하였다. 그래서인지 아직도 아이가 너무 이쁜 짓만 한다는 것이었다. 항상 엄마에게 찰떡처럼 붙어 애교를 어찌나 많이 부리는지 아이 때문에 힘들어도 버텨나갈 수 있다는 그녀의 말에 고개를 숙였던 날이기도 했다.

아이가 잠들지 않으면 밖으로 나올 수도 없는 상황이고, 많지 않은 남편의 수입은 본인 혼자 쓰기도 바빠 집에 도움이 안 되는 상황이라고 했다.

뇌졸중으로 반신마비가 되신 시아버님은 참 순하고 부드러운 분이라고 말했던 거 같다. 힘든 상황이지만 그녀의 얼굴에서 힘들다는 느낌을 받을 수 없었던 건 아마도 자식들 때문이 아닐까 하는 생각이 들었다.

세 아이 중 첫아이는 고등학교에 다니고 있다고 했다. 아이가 공부를 너무 잘해 엄마에게 경제적 짐이 되지 않아 감사하고, 둘째 아이는 고만고만하게 공부를 하지만 착해서 집안일을 많이 도와준다는 이야기를 하면서 그녀의 눈이 반짝반짝 빛났을 때 사람은 어떤 역경에서도 행복할 이유만 있다면 행복할 수 있다는 생각을 배웠다. 그녀라고 힘들지 않을 수 있을까? 아닐 것이다. 분명 나보다 몇 배는 더 힘들 그녀였지만, 어려운 그 상황에서 자식들의 이쁜 모습과 대견함이 힘든 그 상황을 오히려 보람으로 여기기에, 대리운전을 해도 힘들지 않다고 말할 수 있는 것 아닐까 생각했다.

세상 모든 엄마들의 동질적 숙명이 자식들이라는 생각이 들면서 그녀의 고달프고 힘든 상황이 밖에서 보는 것과는 다르게 얼마나 행복한지를 깨닫는 데에는 그리 큰 시간이 걸리지 않았다. 남의 시선에서 그녀가 힘들어 보일 뿐, 정작 그녀는 나름 행복한 사람이었다.

세 아이의 엄마로서 행복함을 느끼는 그녀는 두 아이를 키우는 나의 행복보다 더 큰 그릇을 가지고 있었다.

바라보고, 생각하는 관점의 차이는 나를 행복하게도 하고 불행하게도 하는 것이기에, 행복의 기준을 이왕이면 조금만 낮게 잡아 우선 행복하게 나를 그 속에 자리 잡게 해야겠다 마음먹었고, 그날부터 나는 스스로 매일 행복하다는 생각을 하자고 했던 시간도 있었다.

대리운전을 해서라도 생활비를 벌어서 보태야만 하는 그녀도, 여자의 몸으로 노가다 건설업에 뛰어들어 험난한 세상을 헤쳐 가며 살아가는 나도 힘든 일은 있었지만, 조금만 눈높이를 낮추면 행복하다는 것을 가르쳐 준 분이다. 마음의 기준이 어디인지에 따라 행복의 지수는 몇 배가 된다는 것이다.

그 당시 내게 행복의 지수를 가르쳐 주신 대리기사님은 아마도 지금쯤 어려운 역경을 사랑스러운 아이들과 잘 버티고 이겨내서 어디선가 더 큰 행복을 움켜쥐고 계실 것이다. 지금쯤 사랑스럽던 세 아이는 엄마의 큰 기둥이 되어 있을 것이고 경제적으로도, 심적으로도 행복을 몇 배로 키우셨을 그분을 기억하면서,

요즘 세대들이 N잡 시대라며 자기개발과 함께 대리운전도 당당하게 하는 걸 보면 젊은 시절 해볼 수 있는 일은 무엇이든 해보는 그 역동의 패기와 열정이 참 대견하다는 생각을 한다.

나이 들어서 할 수 있는 일은 한계와 범위가 많이 제한되어 있음을 깨달아 가고 있는 내게, 지난 어느 시절에 있었던 여자 대리운전 기사님과의 기억은 생기 넘치는 젊음이 있는 시절엔 힘들어도 행복하게 일할 수 있는 에너지와 행복을 가질 수 있는 사랑과 긍정의 힘이 모든 걸 극복할 수 있게 만들어 준다는 것을 이야기하고 싶다.

사람의 도리

아침부터 부고장이 울렸다. 언제부터인가 나의 기억 속에도 지워지고 전화번호부에도 이미 정리된 인연이었다. 그런 인연이 나를 아직 인연이라 여기며 보내온 건지, 아닌 건지 한참을 생각해야만 하는 시간이었다. 이미 10여 년 전 끊어진 인연인데 지금 와서 이런 문자를 보내니, 새삼스럽다는 생각도 들었다. 살짝 옆지기에게 물어볼까 생각하다 맺고 끊는 것의 달인인 사람에게 물어봐야 답은 뻔했다. 같이 잘 지내던 대표님에게 전화를 걸어보았다. 그분도 벌써 연락을 끊은 지 오래전이라 생각조차 하지 않고 있던 차에 부고장을 받았다고 한다.

"이 대표요~ 이 사람 지금 와서 이런 거 보낸 이유 모르지요~

아름아름 들린 소문에 의하면 많이 힘들답니더!"라고 한다. 대충의 얘기를 전해 듣고 어찌해야 하나를 또 한~참 궁리했다.

올해부터는 체면치레는 하지 않기로 굳게 다짐했기에 생각이 지그재그였다. 아무리 체면치레 안 하기로 다짐했지만, 많이 어려운 상황에 아내의 부고장을 보낸 거면…"이라는 생각이 월등히 앞서 나갔다. "사람이 연락 안 하고 살았다고 이런 일 알고서 모른 체 할 수는 없다. 그러면 안 될 거 같다!" 하고 결정하는 순간 마음이 또 한 번 요동을 친다.

"그럼 얼마를 보내야 하지?" 못난 번뇌의 연속이었다. 아시는 대표님은 그냥 넘어가신다고 하는 데 물어볼 수도 없었다. '나도 대표님처럼 그렇게 딱 끊을 용기가 필요한데.'라는 망설임도 잠시, 이내 원점이다. 마음이 참 여우같이 변덕이 생긴다. 할까 말까를 망설이더니 '이젠 얼마를 해야 해?'라며 갈등한다.

"에잇! 모르겠다. 예전처럼은 못해도 나쁜 인연은 아니었으니 사람 도리는 해야지~" 하며 답을 내리는 순간 마음이 편해졌다. 힘들 때 돕고 사는 게 나의 모티브! 잘했어!

10여 년 전 중학교 친구를 떠나보내고 난 어느 날, 나와 별로 친하지 않았다는 생각에 갈등만 하다 그냥 지나치고 한동안 마음이 천근만근 무거웠던 그날을 생각하면, '지금 난 잘하고 있는 것 같다.' '얼마나 힘들고 아플까?' 하는 생각에 마음이 울렸던 시간이었다.

나의 신년 다짐은 무너졌다. 하지만 한편으로 마음을 더 편하게 할 수 있는 새로운 평안을 얻는 날이었다.

사람이 태어나 사람 도리를 하는 게 제일 힘들다. 그저 그렇게 오고 가는 정도 없이 "O, X"만 가지고 산다면 너무 삭막하지 않을까 싶다. 종잣돈 모으느라 식비 절약부터 시작한 냉장고 파먹기[냉파]를 자주 하고, 일주일 7만 원 살기를 실천하는 요즘이지만, 이런 건 정말 마음대로 안 된다. 그래서 급할 때 쓰는 여윳돈이 필요한 것인가 보다 하고 생각해 보는 날이었다. 아니 잠시 반성을 해보는 날이기도 했다.

예전엔 청첩장, 부고장, 초대장 등이 오면 무조건 보내던 체면치레들도 이젠 다시 한번 생각하게 되는 나 자신을 보며 또 한 번 각성하고 돌아보게 되기도 한다. 하나를 버리고 하나를 얻는 하루였다.

조용한 아침을 깨웠던 부고장이다. 그리고 '오늘도 사람 도리는 잊지 말자! 그리고 힘든 사람을 모르는 척 하지 말자!'라고 다짐했다. 나는 '나다울 때가 더 행복하다.'라고 말한다.

아무리 돈도 좋고 부자도 좋지만, 마음을 보태 줄 수 있는 지금이 더 행복하다. 때론 당연하게 받아들일 줄 알고, 때론 냉정하게 판단할 줄 아는 지혜로움이 필요한 시기도 있지만, 사람은 혼자는 살 수 없기에 마음까지 닫고 빗장을 칠 수는 없었다.

아끼고 절약하는 시기지만, 돈을 송금하고 나니 잠시 고민했던 것이 무색할 정도로 마음이 편안해졌다. 아픈 마음에 조금의 온기는 큰 힘이 될 수도 있다는 사실을 새로이 각인하는 날이 있음에 나를 조금 더 숙성시키는 것을 느끼고 살아간다.

청첩장과 부고장

"축복해 주세요. ○○○의 장녀 ○○○와 ○○○의 장남 ○○○가 2024년 ○○월 ○○일 부부의 연을 맺습니다."

"부고[訃告] ○○○님께서 2024년 ○○월 ○○일 별세하셨기에 삼가 알려 드립니다."

이게 무슨 일인가? 친구의 딸 청첩장과 그리고 35년을 같이 한 짙은 인연의 당사자가 보낸 부고장. 가슴 먹먹함이 겹치는 하루였다. 마땅히 축복받아야 할 지인의 청첩장에는 전화를 걸어 축하하였지만, 문자로 날아온 부고장을 본 나는 정말 어이가 없었다. 고인은 늘 맑은 미소와 긍정의 마인드로 나를 위로하고 안아주던 참 고마운 언니였기 때문이다. 상상조차 못 한 부고장을 접하고 나서 언니의 동서에게 전화를 했다. 지난해 우연히 건강 검진에서 간암 말기 진단을 받았다고 했다. 지난 12월 나와 통화를 할 때도 그런 말이 없었고, 너무도 밝은 목소리로 대화를 나누었는데 두어 달 만에 이런 부고장을 받고 나니 말문이 막혔다.

언니가 살아온 세월을 누구보다 잘 알기에 마음이 쓰리고 아팠다. 젊어서 층층시하에 시동생들을 뒷바라지해야 했고, 형부는 사업을 하다가 부도를 맞았다. 형부가 경제사범이 되어 있을 때부터 언니는 가장이 되어야만 했다. 그렇게 꾸준히 성실하고 밝게 살던 사람이 이제 좀 살만해졌는데, 허무하게 생을 마감했다니 믿고 싶지 않았다.

누구나 이어지는 삶의 새로운 시작과 끝을 알리는 그날은 인생의 짧고도 허무함과 찬란했던 그날의 행복이 영화의 한 장면처럼 스칠 수밖에 없듯 지나간다. 지나고 보면 모든 게 아름다움이고 행복이었는데, 불행하다고 했던 그 순간순간이 슬픔에 잠기게도 하고, 좌절하게도 하는 것이 느껴졌다. 결국은 떠나고 말 것을 알면서 우린 무엇을 향해 이토록 질주하고 오열하며 그 속에서 희열과 성취를 맛보려고 이를 악물고 사는 것인가를 생각하게 하였다. 살아오는 동안 그것이 없었다면 또한 무슨 의미가 있겠는가 하는 생각도 했다.

고속도로처럼 잘 뚫린 인생만이 빛나는 것이 아니고 조금은 비뚤배뚤 휘어지는 날도 있기에, 때로는 가파른 산길처럼 헉헉대는 험악한 길도 있는 게 우리의 인생이라는 생각이 밀려들었다. 사는 동안 무조건 앞만 보며 달리는 경주마의 인생은 아니라는 생각이 들었다. 누구나 잘살고 싶고, 행복하고 싶고, 빛나는 삶을 살고 싶을 것이라는 생각도 들었다.

남과의 비교가 나를 힘들게 하고 나만 뒤처져 보이게 할 뿐, 정작 본인을 위한 나 중심적 마음 하나만으로 행복할 수도, 불행할 수도 있다. 나만의 아름다운 생각과 정도를 걸어가며 그 위에 행복의 씨앗을 뿌리고 열매를 맺어 기쁨과 사랑을 함께 나누는 그 순간순간이 나를 얼마나 행복하게 하였는지도 알게 되었다.

노을이 아름다운 건 은은하게 빛나는 순고함 때문이 아닐까? 나의 삶이 누군가에게 큰 영향을 미치지 못하더라도 누군가를 사랑하고 행복하게 하였다면, 누구나 아름답고 행복하게 잘 살았다고 말하고 싶다. 가는 이의 뒷모습이 아름다워야 하는 것은 아마도 이런 인생의 역사가 어떠하였는지를 두고 말하는 것 같다. 행복한 청첩장에는 아름다운 부부의 탄생을 축복하고, 가슴 먹먹한 언니의 소식에 정말 아름답게 잘 사셨다는 말을 전해 본다. 나도 지금 잘 살아가고 있는지 돌아보는 시간을 가져 보았다.

삶이 힘들고 지치더라도 우린 그 속에서 누구와 비교하고 나를 미워하며 아프게 하는 것보다 지금도 잘살고 있고 앞으로도 잘 살아갈 것이라는 희망을 넣어주고, 따뜻한 손길로 쓰다듬어 주는 시간을 가져 보자고 말하고 싶다. 나를 돌아보는 그 시간 속에 나는 또 행복하게 한 뼘씩 자랄 게 분명하다는 것을 알아간다.

까치설날 우리 설날

"까~치 까치 설날~은

어~저 깨~고~요

우~리 우리 설날은~

오늘이래요~~~"

어린 손녀를 앉혀놓고 불러준 노래다. 설빔을 입고 이 노래를 불렀던 때가 엊그제 같은데 어느새 할머니가 되어 손녀에게 불러주고 있다. 순수하던 어릴 적 설날 아침, 밝은 목소리로 불렀던 노래가 내게서 딸에게로 그리고 손녀에게로 이어지고 있다. 이 노래를 부르던 그 시절의 설렘과 기쁨은 이제 아련한 추억 속에 담겨 있다. 제사를 모두 정리한 우리 집은 이제 남편과 나 이렇게 둘만 남아 조용히 설날 아침을 맞이한다. 조금 있으면 아이들이 찾아올 것을 기대하며 구석구석 먼지도 털어내고 있다. 마음은 이미 아이들에게 쏠려 있다.

몇 년 전만 해도 새벽부터 주방에서 바쁘게 움직였던 내 모습이 떠오른다. 제사상과 돗자리를 꺼내 정리하던 남편의 모습도 이제는 추억이다. 남편의 지휘 아래 시동생들과 동서들이 정신없이 제사 준비에 여념이 없던 그 시절이 그립다. 젊은 시절엔 제사가 힘들어 눈물 흘리기도 했지만, 그 시간들은 이제 아름다운 보석처럼 반짝이는 추억이 되었다.

세월의 흐름 속에서 그 시절의 명절 풍경들이 이제는 아련한 기억으로 남아 있다. 함께 제사를 지내시던 시아버님, 시어머님, 작은아버님, 작은어머님과 집안의 아재들, 아지매들. 이제는 먼 길을 떠나 안 계신 그분들의 빈자리를 보며 지난날의 행복했던 순간들을 떠올린다. 그 시절에는 제사 준비가 힘들어 '제사 좀 줄이면 안 될까?'라는 생각도 했지만, 지나고 나니 그마저도 후회로 남는다.

어른들이 아무리 말해도 당시에는 이해하지 못했던 것 같다. 세월이 흐르면서 명절도 점점 간소해져 간다. 하지만 소중한 가족과의 만남이 있는 명절의 가치는 변하지 않는다. 가족이 함께 모여 맛있는 음식을 준비하고, 아이들이 사촌들과 장난치며 웃고 떠들던 그날들은 아직도 선명히 남은 아름다운 추억이다.

설날 아침 차례와 세배, 덕담을 나누던 것들이 점점 귀해지는 요즘이다. 멀리 있는 자식들이 교통대란을 겪을까 걱정되어 오지 말라는 집도 많아졌다. 세월의 변화 속에서 명절의 모습도 희미해져 가지만, 우리 아이들의 기억 속에는 여전히 그 시절의 명절이 선명하게 자리하길 바란다. 설날 아침은 예쁜 한복에 복주머니를 달고, 고운 댕기도 머리에 매어 주고 말이다. 어머니, 할머니가 기억하던 옛 명절의 아름다운 미풍양속은 간소화된 명절에서도 여전히 소중하다.

AI가 대세인 현시대에도 소중히 이어져야 할 전통이 있다. 우리의 고유 명절은 AI가 대신할 수 없기에, 독립세대로 나아가는 후배들에게 전해주고 싶다. 인생은 가고 오는 것이지만, 우리의 고유 명절은 소중히 이어져야 한다.

어린 손녀에게 내가 불렀던 설날 아침의 노래를 들려주며 할머니, 할아버지와 부모님을 기억하게 하고 싶다. 이 노래를 들려주며 우리의 전통과 가족의 소중함을 되새기고 싶다. 세월이 흘러도 변치 않는 설날의 가치는 가족과 함께하는 소중한 순간들 속에 살아있다. 설날의 의미는 단순히 명절을 넘어, 우리의 뿌리와 전통을 되새기는 시간이기에 더욱 소중하다. 손녀에게도, 그리고 그 이후의 세대들에게도 이 소중한 전통이 이어지길 바란다.

예물 시계

"그것도 버리게?"

"아니, 어쩔까 망설여지네~"

"의미 있는 건데, 이건 그냥 두지?"

안방 서랍을 정리하다가 결혼 때 주고받은 예물 시계를 보고, 나는 이러지도 저러지도 못하며 망설였다. 남편이 던진 말은 나의 갈등을 더욱 복잡하게 만들었다. 쓸 일이 없어서 버리려니 사뭇 망설여졌다. 남편의 말대로 의미가 있는 물건이기 때문이다.

요즘 유행인 미니멀 라이프를 실천 중이지만, 단순히 대세를 따라 하기 위해서가 아니다. 몇십 년 살아온 집은 누구나 그렇듯이, 오래된 것들과 비슷한 물건들이 첩첩이 쌓여 있다. 우리 집도 예외는 아니다. 결혼할 때 준비한 혼수 이불부터 신혼여행 때 입었던 보라색 투피스, 바바리코트까지 입지 않고 쓰지 않는 물건들을 추억이라는 이유로 간직해왔다.

특히 예물 시계는 정말 버릴 수가 없다. 남편도 나도 워낙 정갈하게 사용했기에 지금도 계속 쓰고 싶은 시계다. 하지만 더 이상 수리도 되지 않아서 장롱 깊숙한 곳에 모셔 두고 있다. 요즘은 스마트폰으로 모든 게 가능하니 시계가 꼭 필요하진 않지만, 이 시계만은 여전히 사용하고 싶은 것이 솔직한 마음이다. 요즘 세대에게는 골동품으로 보일지 몰라도 내 눈에는 여전히 고급스럽고 예쁜 시계이다. 그리고 그 속에 담긴 의미는 더욱 커서 버릴 용기가 나지 않았다. 이 시계는 태어나 처음으로 가진 제일 비싼 시계였고, 남편과 나의 언약이 녹아 있는 소중한 물건이기도 하다.

소품 정리를 하다 보니 이 시계들이 가장 애매하게 남았다. “자리도 많이 차지하지 않고 나름 의미도 있는데…”라는 생각과 “요즘 누가 이런 걸 들고 있냐고요~”라는 생각 사이에서 마음이 갈팡질팡했다. 남편의 시계는 금장이 부분적으로 벗겨져 있었지만, 나의 시계는 여전히 깔끔하고 고급스러움을 유지하고 있었다.

“남편 것만 정리할까 말까?” 다시 마음이 흔들렸다. “오늘은 너희들을 정리 못 하겠다. 나중에 내가 떠나거든 아이들에게 정리하라고 맡기자!" 이렇게 결론을 내리며 시계들은 다시 제자리로 돌아갔다. 나의 작은 보석상자 속으로. 이불이며 옷들은 모두 정리했지만, 이 시계들을 보내고 나면 허전함이 맴돌며 텅 빈 느낌이 들것 같았다. 추억이 서린 물건들을 보내는 일은 이렇게 힘든 법이다.

미니멀 라이프란 참 좋은 단어다. 어차피 빈손으로 왔다가 빈손으로 가는 인생에서 많이 가져봐야 결국 남는 건 쓰레기가 될 가능성이 크니, 미리 군더더기 없이 살자는 의미이다. 그래서 매일 한 가지씩 버리고 있지만, 너무 소중한 물건들은 정리하기가 힘들다. '이럴 땐 어떻게 해야 편한 마음으로 정리할 수 있을까?' 하는 것이 나의 숙제다. 일상의 용품은 정리하는데 큰 고민이 필요 없지만, 많은 의미를 가진 물품들은 다르다.

미니멀 라이프라고 무조건 비우는 것만이 정답은 아니라고 생각하는 한 사람이다. 삶이 비우는 것에만 치우칠 수 있을까? 때로는 의미를 간직하며 함께 살아가는 것도 나쁘지 않다고 본다. 나의 예물 시계는 아직도 보석 상자에 고이 모셔져 있으며, 그날의 아름다운 추억과 축복, 그리고 그날 함께했던 모든 이들의 사랑을 담아 나의 곁에 있다.

30여 년의 결혼 생활 중 가장 의미 있는 물건을 고르라면 당연히 예물 시계다. 이 시계는 아직도 나와 함께하고 있지만, 우리가 함께한 세월만큼이나 많은 순간들이 고이 새겨져 있다. 결혼생활이란 한 번쯤 미워서 그만두고 싶은 순간이 있고, 때론 어디론가 도망가고 싶은 생각도 들 때가 있다. 그런 세월을 묵묵히 버텨온 지금에서야 보이는 것들이 하나둘 있다. 처음 시작의 의미와 지금까지 함께한 달고 쓴 기억들이 모두 아름답다는 것이다.

누군가의 눈에 아름답지 않은 시간일 수도 있지만, 신경 쓰지 않아도 된다. 누구나 그런 날들은 있을 수 있다. 인생을 돌아보며 여기까지 온 것도 우리는 잘 살아왔고, 아름다운 삶이기에 의미가 있는 물건 하나쯤 간직하는 것도 좋은 방법이 아닐까 한다.

누군가의 삶이 더 아름답고 예뻐 보일지라도, 그 속에 더 아프고 힘든 날들이 밑바탕이 되어 있을 수 있다는 것을 생각하면, 작은 예물 시계 하나로 지금까지 잘 살아온 나 자신에게 "잘했다, 수고했다."라고 말할 수 있지 않을까 한다. 사랑이 사랑을 낳고, 그 사랑이 또 다른 사랑을 낳을 때마다 생기는 보석 같은 시계의 의미를 느끼는 시간이다.

쌉쌀한 커피 향에 느껴지는 그리움

코끝에 느껴지는
강하고 부드러운 향

쓰디쓴 탄약 매일 마신다
쏘아붙이는 잔소리

한 모금
또 한 모금씩
행복하게 드시던
부처님 미소 같으신 얼굴

60여 번의 봄을 맞이하고야
제대로 느껴지는
쌉쌀한 향기와 그리움

이 속에 나의 하늘이 담겼네

추억의 그날들이 밀물처럼 밀려드는
그리움.

커피 한 잔에 부처님의 미소가
그리움으로 허전한 가슴엔
엄마의 잔소리가 바가지가 되었던
그날들이 너울처럼 밀려온다.

딸이 결혼하고, 아들이 독립하고 남은 건 이제 우리 부부밖에 없다. 같이 있을 땐 몰랐던 허전함이 밀물처럼 밀려들고 커피 한 잔 손에 들고 비 오는 창밖을 바라보는 나이 지긋한 중년의 노신사가 보인다.

죽음의 문턱을 넘어 내 옆에서 고목나무처럼 버팀목이 되어 준 고마운 옆 지기의 뒷모습에서 지난 어느 날의 아버지가 떠오른다. 자상하고, 잔잔하게 지으시던 미소도 떠오르고, 그 곁에는 따라다니던 한 손의 담배와 커피 한 잔이 생생하게 스쳐 지난다. 초등 시절, 그 당시엔 국민학교라고 했다.

약한 딸을 위해 신문 배달을 생각해 내시고 기꺼이 그 길을 동행해 주셨던 분! 사춘기 시절 많은 대화와 함께 딸의 마음을 읽고 어루만져 주시던 분이었다. 이제 그분이 가신 지 33년이 지났다. 당신이 가신 그날은 어버이날 다음 날이다.

당시 시집살이가 너무 힘들어 몸무게가 37kg까지 내려갔고, 그래서 잠시 분가를 한 상태였다. 첫아이 때 내가 하고 싶은 대로 돌상을 못 해서 둘째에게는 오롯이 내 주관적 돌상을 만들었다. 물론 시어머님께 배운 여러 음식들이 전부이긴 하지만 말이다.

당시 대기업에 다니던 남편은 첫아이 돌 때 동료들을 초대하지 못했다. 왜냐하면 집안사람들이 손님으로 너무 많이 모였기에 정작 내 핏줄, 친구들은 아무도 초대하지 못했다. 행복해야 할 아들 돌상이었지만, 시댁 식구들을 위한 내 최고의 노동만이 있었던 그날을 떠올리며 이젠 직장 동료들도 부르고, 친구도 부르고, 가족들도 불러 맘껏 즐기기로 했다.

5월 9일이 딸아이의 돌날이었고, 첫아이 돌날과 달리 많은 음식 준비로 전날 5월 8일 어버이날에는 친정 부모님을 뵈러 갈 수가 없었다. 다음 날 딸아이 돌날에 뵙기로 미리 말씀을 드렸기에, 아무런 걱정 없이 음식을 하며 어버이날을 바쁘게 보냈다. 돌날 아침 시댁 식구들이 전부 모여 전날 준비한 음식을 차리고, 돌 사진을 찍고 막 아침을 먹으려던 순간, 한 통의 전화가 걸려왔다. 친정엄마셨다. 이 시간에 어쩐 일이시냐고 물으니 "네 아버지가 이상하시다. 어제도 하루 종일 흔들의자에 앉아서 오늘 우리 성아가 왜 안 오냐?"라고 자꾸 그래서 "내일 손녀 돌상 준비한다고 바빠서 못옵니더. 우리는 내일 오후에 거기 가서 만나기로 했으니 기다리지 마소."라고 몇 번을 얘기했다고 말씀하셨다.성아는 나의 예명이다. 어릴 때부터 몸이 너무 약해서 스님이 지어 주신 이름이다, 이 이름을 많이 불러줄수록 명줄이 길어진다고 했다. 친정아버지는 자주 입 퇴원을 하셨지만 그래도 잘 버텨 내고 계셨다.

그렇게 딸아이 돌상을 물리기도 전에 걸려 온 전화 한 통에 시댁 식구들도, 자식도 눈에 보이지 않았다. 미처 택시비도 챙기지 못하고 짝짝이 신발을 신은 채 무작정 친정으로 달려갔을 때 아버진 이미 혼수상태였다. 먼저 와 계신 큰이모가 집에 들어선 나의 손을 끌어당기며 하시는 말씀이 "성아야, 아버지가 네가 오기를 기다리느라 지금 끈을 못 놓고 계신 거 같다. 아버지 귀에 대고 성아가 왔다고 크게 한번 얘기하거라!"라고 하셨다. 억장이 무너지는 마음으로 아버지 방을 들어서니 백지장처럼 하얀 그 모습에 철없는 딸은 아버지를 향하지 못하고 굳어 버렸다. 이모의 이끌림에 아버지 옆에 앉았지만, 도저히 믿기지 않았고 아무 말도 할 수 없었다. 이모의 큰 소리에 놀라 정신을 차리고 아버지 귀에 대고 떨리는 목소리로 아버지를 불렀다.

몇 번을 부른 끝에야 눈을 뜨셨다. 지그시 그렇게 보시더니 "우리 성아 왔니. 이 녀석, 우리 성아!" 하며 큰 숨을 몰아쉬시더니 평안히 눈을 감으셨다.

나와 아버지와의 관계는 세상 누구보다 애틋하고, 상상하지 못할 만큼 남달랐다. 어릴 때부터 아버지는 늘 인자하신 미소와 목소리로 나를 불러 주셨고, 언제나 낮은 목소리로 "아프지 말자~~ 그러면 아버지도 아파~"라며 나의 키 높이만큼 앉아서 귓가에 속삭이듯 얘기하셨다. 우리 집은 늘 어렵고 힘든 사람들이 많이 들락거렸다. 아버지는 많은 이들을 위해 법적 자문과 사비를 들여서라도 그들을 위해 두 손 걷고 돕는 분이셨다.

모두가 힘들던 시절, 그나마 우리 집에는 어렵게 살면서도 빈손으로 올 수 없다며 손에 작은 정성**배추, 무, 파, 고등어 등**이라도 들고 오시는 순수한 분들이 많았고, 그분들에게는 밥이나 국수를 대접하곤 했다. 그때 우리 엄마는 참 많이도 고생하셨다. 그땐 그런 엄마의 고생을 조금도 인식하지 못했다. 나는 그저 아버지 바짓가랑이만 잡고 다니던 연약하고 조그마한 계집아이일 뿐이었다. 아버지에겐 내가 이쁜 셋째 딸이기만 한 것이 아니었다. 얼굴이며, 체질이며, 성격까지 그대로 쏙 빼다 박은 자식이고, 자신의 약한 건강까지 대물림받은 아픈 손가락이었다. 떠나시는 그날까지 나는 힘든 시집살이로 고생하는 아버지의 아픈 손가락이었던 거였다. 그래서 나를 봐야만 먼 소풍 길을 떠나실 수 있었던 건 아닐까 싶다. 커피 한 잔을 들고 서 있는 남편의 뒷모습은 그리운 나의 아버지를 떠올리게 한다. 늘 자상하신 모습, 목소리, 그리고 미소가 그립다. 당신의 잔잔한 미소를 백발로 변해가는 남편의 뒷모습에서 찾아보는 하루이다. 아픈 손가락이 더 신경이 쓰이듯 늘 사랑을 듬뿍 주신 아버지! 그립다. 사무치도록 그립다.

시간이 지나도 잊히지 않고 늘 가슴 한복판에 계시는 아버지. 우린 그런 아버지가 있음에 감사하고 행복한지도 모른다. 이 그리움으로 온 세상 아버지들께 축복과 사랑을 기도한다.

인생의 재산은 가족이다

"오늘이 우리 딸 생일인데…" 첫 항암치료를 하고 얼마 지나지 않은 날, 며칠을 구토와 고열로 정신까지 흐릿해진 내가 되뇌는 한마디였다. 단 한 번도 안 챙긴 적이 없는 우리 딸 생일이었다. 가시고기처럼 어미는 이렇듯 죽을 만큼 힘들어도 자식의 생일을 챙기려 하는 자신을 보고 또 한 번 부모님이 생각나기도 했다. 전신에 찾아 든 혈관 통은 숨을 쉬는 것조차 힘들게 했다. 모든 혈관이 터질 듯 고통이 심했기에 생의 끈도 놓고 싶어졌다. 진통제와 함께 몸은 내 것이라고 할 수조차 없는 빈 깡통을 차고 있는 암울함이 가득 찬 날들이었다. 그런 가운데 딸에게 미역국을 못 끓여 먹이는 게 안타까운 어미의 마음이었고, 살아 보겠다고 버둥대고 있는 내 불쌍한 모습이 아이러니하게도 측은하기까지 했던 날이었다. 먹으면 토하는 상태에서 딸의 생일을 걱정하는 내 모습에 남편은 버럭 화를 냈다. "지금 자식 생일이 무슨 대수라고 그런 생각을 하노? 당신은 입에 물도 못 넣고 있는 입장인데! 자식은 잊어 삐라! 니가 있어야 자식도 있다!"라고 남편이 한 소리 했다. 그랬다. 그날은 내가 아픈 것보다 딸자식 생일이 먼저 생각났고 가슴이 미어졌다. 오늘 하루 못 챙겨 주는 생일이 마음이 아픈 게 아니라 영원히 못 챙겨 줄 것 같아서 마음이 아프고 저려왔다. 남편은 연신 나의 이마에 자신의 투박하고 큰손을 대보곤 했다. 잠시 후 얼음주머니를 이마에 올려주며 다시 한 번 이야기했다.

"뭐든 먹어야 한다. 그래야 힘이 나서 열도 이기고 할 거 아니가!"라고. 그러고 나서 주저리주저리 이런저런 메뉴들을 늘어놓았다. 요리할 줄 아는 음식이 없으니 나가서 사 오겠다고 했다. 장성한 자식들은 모두 결혼하고 둘만 남은 집에 나이 든 신랑의 도움으로 겨우 내 한 몸 건사하고 있지만, 그래도 어미가 되어 자식의 생일을 챙겨 주지 못하는 것에 안타까운 마음이 든 그날, '나는 왜 진작 우리 부모님의 이런 마음을 깨닫지 못했을까.' 하고 후회했다. '내가 부모님 생일을 이렇게 악착같이 챙기려 했던 적이 있었던가?' 하면서 고개를 떨구어 버린 그날! 많은 것들의 희비가 스쳐 지났다.

남편의 마음과 나의 마음은 다른 게 아닌 하나였다. 죽을힘을 다해 살아야 했던 그때, 오로지 딸의 생일을 챙기려는 나, 그 속에 오로지 아픈 마누라 하나라도 챙겨 먹여 살리려는 남편의 마음은 틀린 듯 같은 마음이었다. 그렇게 하루하루 우린 서로 다른 듯 같은 마음으로 위하고 챙기며 살아갔다. 남편의 투박한 손이 나의 머리 위를 오르내릴 때면 느끼는 감사와 미안함이 어느새 딸의 미역국으로 넘어가는 기이한 이 마음을 달리 표현할 길은 없었다. 하지만 우린 알고 있었다. 내 옆의 가족이 세상에서 제일이라는 것을.

가슴으로 느껴지는 남편의 지극정성! 그 마음을 알지만, 벌떡 일어설 수 없는 내 육신과 그런 가운데 딸의 생일을 걱정하던 날의 기억은 가족이기에 생길 수 있는 일이다. 사랑은 멈추자고 해서 멈추어지는 게 아니다. 자식에 대한 엄마의 마음은 더욱 그렇다. 그날도 남편의 음식 메뉴판은 줄줄이 비엔나처럼 늘어졌지만, 나의 지정 메뉴는 결국 본죽의 미역국을 딸에게 보내기였다. 그런 다음 나도 미역국을 먹으며 가슴 깊이 울음을 삼켜야 했다.

"우리 부모님께 내가 미역국을 끓여 드린 적이 있었던가? 내 자식에게 하는 것 10분의 1만이라도 한다면 효자 소리 듣는다던데, 부모님 살아생전 해드릴 걸, 나는 불효자식이다. 이미 떠나신 아버지, 엄마. 죄송합니다."

내 딸에게 이야기해 주련다. 부모는 영원히 옆에 있을 수 없다는 것을.

아마도 우린 모두가 그런 마음이지 않을까. 세월이 흘러 엄마, 아버지 모두 가시고 나서야 느끼는 이 마음. 누구나 부모가 되면 아마도 똑같은 마음이겠지. 나와 내 부모와 내 자식들의 연결 고리가 있는 가족이라는 큰 울타리가 있는 이상은 말이다.

엄마의 주파수는 자식이다

"OO아! 목소리가 왜 그래? 무슨 일이야? 어디 아프니? 윤서가 어디 또 아프니?"

어제오늘 딸아이로부터 전화가 없어 점심시간 전 잠시 통화한 내용이다.

"병원 갔었어요. 열이 39.8도로 오르니 정신이 몽롱하고 안 좋아서 진료도 받고, 코로나 검사도 하고 왔어요."라고 얘기한다.

전화기 저쪽에서 들려오는 목소리는 꼭 울다가 전화를 받는 듯해서 가슴이 철렁 내려앉았다. 순간적으로 너무 많은 말들이 쏟아져 나왔다. "엄마! 나 열나고 아파서 어제 병원에 갔었는데 코로나는 아니라고 했어요, 아마 윤서가 그동안 아팠기에 내가 옮았거나 감기몸살인 거 같아요."라고 했다. "그랬구나, 어미가 옆에 있어도 너 하나를 못 챙겼구나. 내 앞가림하느라 바빠서."라는 생각이 들었다. 새벽에 일상처럼 하는 나만의 루틴을 하고 출근을 했는데 왠지 모를 허전함이 밀려와 전화를 했다. 어제오늘 딸아이한테 전화가 없어 점심시간 전 잠시 전화 통화를 하면서 '이런 게 엄마인가?'라는 생각을 하게 되었다.

미안하기도 하고 아프다고 하니 마음도 짠한 게 영 기분이 좋지 않았지만, 달려가 수액이라도 달아 주고 싶은데 그건 너무 오버인 거 같았다.

어미란 이런 건가 보다. 결혼해 아이 엄마가 된 딸, 아니 아들이라도 아프다고 하면 그저 마음이 같이 아프니 말이다. 어릴 적 기억이 난다. 태어나기를 너무 약하게 태어난 나는 모두들 며칠 안에 죽을 거라고 했다. 너무 작게 태어나서 첫 울음소리도 들리지 않을 정도였다니. 내 위로 태어난 세 명 모두 얼마 안 돼 죽었기에 나도 그럴 것이라 생각했다고 한다. 엄마는 또 딸을 낳은 죄인이라며 말도 못한 채 나를 따뜻한 이불에 싸서 아랫목 저쪽에 묻어두고 잠시 잠시 숨을 쉬는지 확인하는 것뿐이었다고 했다. '얼마나 마음을 조였을까.' 이제야 그 마음이 전해진다. 돌아가신 지 4년이 지났다. 평생 여장부로 살아오신 울 엄마는 아마도 하늘나라에서도 여장부로 사시진 않을까 한다. 자식을 9명 낳았으나 5명만을 건졌다고 한 번씩 얘기하시던 그 모습이 이젠 빛바랜 추억의 한 장이 되어간다.

아들이 뭔지, 그 시절엔 아들을 못 낳으면 결혼식조차 올리지 못했다. 막둥이 남동생을 낳고서야 겨우 결혼사진 한 장 찍은 게 다였다. 할머니 또한 대단한 분이셨기에, 엄마는 더욱더 시어머니의 시집살이에 무척 고생하셨을 것이다. 일 년 365일 사람들로 북적였던 우리 집에 엄마는 무수리로, 그리고 가장 아닌 가장으로 살다 돌아가신 듯하다. 난 달랑 자식 둘뿐인데도 이렇게 가슴이 철렁하는데, 울 엄마는 어떻게 사셨을까 싶은 마음이 늦게나마 드는 건 철이 이제야 들어선가 보다.

내 딸아! 아프지 말고 건강하게 살자. 오늘 네 목소리에 엄마는 속으로 또 한 번 내 엄마를 떠올리는 날이 되었구나. 하늘에 계신 울 엄마, 다행히도 내가 아프기 전에 돌아가셔서 가시는 그 순간까지 걱정 안 끼쳐서 참 다행이다.

내가 폐결핵에 걸려 병원에 다닐 때 우리 집은 한동안 나를 중심으로 살았다. 참을성 많은 어린 여학생이 각혈을 할 때까지 참느라 많이 힘들었지만, 그때 불효한 거 생각해 병이 다 낫고 난 뒤로는 단 한 번도 부모님께 염려를 끼쳐본 적은 없다. 결혼해서 시집살이 힘들다는 소문으로 걱정하시게 한 거 외에는 말이다. "엄마. 아버지 두 분은 자식들 아플 때마다 얼마나 마음조이며 사셨을까?"라는 생각에 마음 한쪽은 어느새 저며 온다. 딸아이의 감기몸살에 돌아가신 부모님의 마음을 보게 되고, 미처 깨닫지 못한 부모님의 마음을 헤아려 보는 날이지만 이미 때늦은 후회만 남는 지금이다. 자식은 죽는 날까지 아이로 보인다는 말은 진실이다. 더욱이 모성은 오로지 자식들에게만 맞춰져 있다는 것을, 자식을 낳아 길러 보고 나서 알았다. 엄마의 주파수가 딸에게로 가고, 딸의 주파수가 손녀, 손자에게 가는 건 인간이 살아가는 가장 근본적인 주파수이다. 아무도 파괴할 수도 없고 범접할 수 없는 주파수!

엄마가 처음이라서 모른다고, 아직은 엄마가 옆에 있어서 모른다고 하다가 홀로 남은 뒤에야 깨닫고 후회하는 날이 되지 않기를 바라는 마음이다.

제2장

혼자가 아닌 함께였기에 행복했던 시간들이 더욱 그리워

신문 돌리는 소녀

'띵똥~ 띵똥~' "신문값 수금하러 왔습니다~"

신문을 돌리는 것보다 더 싫은 건 수금이다. 초인종을 눌러도 없는 척하거나, 다음에 오라고 하는 사람이 부지기수다. 그래도 이번 집은 잠시만 기다리라고 하더니 바로 누군가 나오는 소리가 들린다. 문이 열리자 마주친 사람은 우리 학교 수학 선생님이셨다.

순간 머릿속이 하얘졌다. 잘못한 것도 없는데 도망가야 하나 싶기도 했는데, 다리가 붙어 움직이지 않는다. 아뿔싸! 이미 너무 늦어버렸다. 선생님도 나만큼이나 놀란 얼굴이다. 요즘 말로 모른 척 쌩 가버릴까도 생각했지만, 이미 너무나 친한 우리 수학 선생님.

"니가 와 신문 수금을 하노?" "이기 무슨…."

설명하기도 전에 선생님은 어이없다는 듯 여러 말씀들을 열렬히 늘어놓으신다. 그도 그럴 것이, 그때가 시험 기간이었으니 더 놀라실 수밖에 없었다. "하이 고야~~ 지금 열심히 독서실에 틀어박혀 공부해도 모자랄 판에 지금 이기 뭐꼬?" 하신다. 그 자리에서 자초지종을 다 말하기도 뭐하고 해서 대충 "부탁을 받아 어쩔 수 없이 오늘만 제가 왔어요."라고 대답하고 돌아서는 내내 마음이 참 찝찝했다. 맞다. 한참 시험 공부하고 있을 때인데, '나는 지금 왜 이러고 있지?'라는 생각에 잠시 현타가 오기도 했다. 그날 수금을 대충 마무리하고 집에 오니 아버지께서 부르신다. "오늘 *** 선생님 만났지? *** 선생님 전화가 와서 내가 너의 상황을 잘 이야기했다."라고 하신다. 사실 내가 신문 돌리는 소녀가 된 건 초등학교 때부터이다. 처음엔 어릴 때부터 약한 나의 건강을 생각해 운동 삼아 아버지께서 말괄량이 동생과 같이 이 일을 하는 게 어떠냐고 물으셔서 동생과 같이하게 되었고, 그것이 어느 정도 몸에 익어 갈 즈음 거짓말처럼 더 건강해졌다. 무섭고 힘든 날도 있었지만, 작으나마 적금도 붓게 되어 더 좋았기도 했다. 동생은 일찍 그만두었지만, 나는 그럼에도 꾸준히 신문을 돌리는 여고생이 되어 있었다. 어린 나의 소견에 선생님께서 다른

데 얘기하시면 어쩌나 걱정했던 건 나의 작은 착오였다. 이런 상황을 아신 우리 아빠 같으신 수학 선생님, 그날 이후로 나만 보면 우유를 주셨다. 아프지 말라고. 그리고 지날 때마다 나의 코를 집어 만지셨던 지난날을 이제 와 생각해 보니 선생님께서 전한 나름의 응원이셨다.

새벽 해가 뜨기도 전에 일어나기도 힘들었지만, 그것보다 힘든 건 너무 컴컴한 하늘이 무서워서였다. 겨울엔 춥고 어두워 그만두고 싶었지만, 그게 마음처럼 툭 놓아지지 않았다. 왜일까? 처음엔 그저 습관이 되어 그러는 것이라고 생각했다. 그런데 나는 칭찬에 약한 사람이었다. 모두들 "저리 여린 게 초등학교 때부터 신문을 지금까지 돌리는 거 봐라. 우리 새끼들도 본 좀 받으면 얼마나 좋겠노." 하며 나를 잔다르크처럼 우대하듯 어깨를 세워 주시는 소리를 멀리서 들은 뒤로부터 아마도 더 그만두기가 어려웠던 것 같다.

칭찬은 고래도 춤추게 한다고 하지 않았던가? 그랬던 것 같다. 나도 여리고 약한 계집아이였지만, 갈래머리 여고생이 되어도 새벽에 신문 보따리를 들고 이집 저집 신문을 돌리고, 한 달에 한 번씩 말일이면 2~3일씩 수금을 하러 다니는 영업사원이었다. 나의 신문 돌리는 시간들은 내가 좋아서 한 것보다 주변 사람들의 칭찬과 격려가 있었기에 가능했는지도 모른다.

이제 와 돌아보니 그때의 신문배달이 나의 사업에 많은 영향을 주었던 것 같다. 어린 나이에 매일 새벽 꾸준히 일어나 나가는 게 쉬운 일은 아니었지만, 성실히 이어 나갔던 일이 나의 사업을 하는 데 많은 도움이 되었던 것 같다. 매일 정확하고 확실한 전략으로 꾸준히 프로젝트를 개발하고 영업하는 데 많은 도움이 되기도 했고, 매일 아침 비즈니스와 관련해서 업체에 정해진 시간에 맞춰 하루를 시작하는 안부 문자를 6개월 이상 보냈더니, 먼저 그쪽에서 전화가 와서 결실을 맺은 성과들이 여러 건 있었던 건 신문배달을 하면서 쌓은 나의 꾸준함과 성실성이 준 대가였다는 생각이 든다.

한 달 동안 열심히 신문을 돌리고 수금을 해서 받은 월급으로 동생의 책상도 사 줬고, 유행하는 랜드로버 신발도 사 줬던 기억이 새록새록 하다. 그것으로 받은 또 한 번의 칭찬은 동네를 한 바퀴 돌아 나에게로 다시 왔다. 사실 진심으로 동생에게 사 준 건 맞긴 하지만 그 칭찬이 참 좋기도 했다. 사람은 칭찬에 약하다. 나뿐만이 아니라 모든 사람은 다 그렇다. 힘들어하는 사람이 있걸랑 "수고한다. 고생 많지?"라고 말하면서 살며시 어깨 한 번 두드려 주며 마음을 전하는 것이 어렵지 않은데, 우린 그걸 잊고 사는 건 아닐까 싶다.

내일 일은 내일 생각하자

“제발! 제 남편을 살려 주세요. 제발!”

수술실 앞에서 두 손 모아 절규하듯 간절히 빌었던 말이다. 7년 전 갑작스런 남편의 급성심근경색으로 피를 말리는 기도와 함께 10년보다 긴 하룻밤을 수술실 앞에서 올린 기도이다. 심근경색으로 쓰러진 남편을 골든타임을 지나서 병원으로 가던 그날 밤, 2차 병원에서 대학병원으로 옮기며 시작된 나의 기도는 밤이 새도록 이어졌었다. 앰뷸런스를 타고 대학병원으로 가는 짧은 시간 속에 나는 스칼렛 오하라를 떠 올렸다. 이 남자를 꼭 다시 살게 해야 한다고 가슴 저 밑에서 깊게 소리치며 비바람과 천둥 번개 속을 달리는 위태로운 시각에, 남편의 손을 잡고 당신을 꼭 살리겠다고 맹세하면서 온 세상을 덮을 듯이 흐르는 눈물을 쏟아 내던 밤이었다. 그렇게 천둥이 울던 날밤, 나도 같이 천둥이 되어 울부짖었다. 제발 내 남편을 살려 달라고 밤새워 수술실 앞에서 울며 기도하는 동안 남편은 중환자실로 옮겨졌다. 의사로부터 위급한 상황이라는 말을 전해 들은 우리 가족들에게 할 수 있는 일은 아무것도 없었기에, 두 아이를 바라보며 이렇게 마음먹었다. "하늘은 알 거야. 내가 저 사람을 절대 내어 주지 못한다는 것을!" 그 절실함이 통하였는지 구사일생으로 목숨을 건진 남편의 첫마디가 "나는 괜찮다~"였다. 그 한마디를 듣고서야 겨우 아이들과 함께 보호자 대기실에서 안도의 숨을 쉴 수 있었다. 밤새 내린 폭우와 천둥 번개는 어느새 파란하늘 뒤로 밀려났고, 나의 기도로 승리했다는 당돌한 생각도 가질 수 있는 날이 되었기도 했다. 그때 문득 떠오른 말이 있다. "이제 됐다! 내일 일은 내일 생각하자!"였다. 사람이 극한 상황에 처하면 한 번도 안 찾던 하나님부터 세상의 모든 신이란 신은 다 찾으면서 기도를 하게 되더라는 사실을 처음 알게 되었다. 제발 저 남자를 살려 달라고 모든 신께 애원하며 매달리던 밤이었다. 하늘도 무심하지 않으셔서 나의 기도를 신께서 들으셨기 때문에 남편이 목숨을 건질 수 있었다는 당돌한 생각은 어이가 없긴 하지만, 그땐 그것이 나를 위로하는 가장 의미 있는 말이었다.

여학교 시절 중간고사를 마치고 영화 〈바람과 함께 사라지다〉를 보고 얼마나 많은 감명을 받았는지 책을 사서 보고, 또 본 기억이 아직도 잊히지 않는다. 내 생애 가장 감동을 주었던 영화이고 책이다. 삶의 모든 것을 너무도 뜨겁게 사랑했던 여자! 스칼렛 오하라! 〈바람과 함께 사라지다〉의 여주인공이다.

누구나 지금 열심히, 그리고 열정을 가지고 살고 있다고 말할 것이다. 이 영화를 보던 어린 여학생의 마음은 그때부터 삶에 대한 열정이 마음속 깊이 자리 잡게 되었을지도 모른다는 생각이 든다. "내일 일은 내일 생각하자."라는 스칼렛의 대사는 힘든 고비마다 내게 큰 위로의 말이 되었다.

오늘 할 일을 내일로 미루자는 것이 아닌, 내일 어찌 될지 모르는 운명의 굴레 속에 사는 우리지만 오늘은 열정을 다해 살고, 내일 일은 내일에게 맡기며 때로는 내려놓을 수 있는 용기도 필요하다는 생각을 가져 보는 것도 좋을 것 같다. 너무 힘들고 지칠 때면 한 번쯤 이런 말을 하며 나를 쉬게 한다. "내일 일은 내일 생각하자."라고 말이다. 때로는 잠시 멈춤도 필요하다. 그것이 나의 지친 몸과 마음을 오히려 더 채워 줄 수 있다는 생각을 절실히 하게 되는 시간들이기 때문이다. 세상의 모든 사람들이 경주마처럼 전력 질주를 하며 살아가지만, 영원히 질주하며 살 수는 없듯이 때로는 잠시 내려놓고 내일을 기약하며 오늘 최선을 다하고 잠시 비우는 시간도 가져보는 지혜도 필요한 것 같다.

매일을 채워가야 하는 긴 인생의 여정을 메마른 달리기의 연속성에 두기보다 때로는 초록의 숲도 보고, 때론 쪽빛 하늘도 보며 나에게 쉼을 주고 내일을 위한 충전의 여유를 가지고 살아갔으면 하는 바람을 가져본다.

칭찬은 고래도 춤추게 하더라

"아이고~~ 어서 오이소. 아지매~~ 너무 곱네 예~~"

갓 신행에서 돌아온 사람에게 나이 지긋하신 어머님 같으신 분이 하신 말에 덜컥 겁부터 먹었다. 같이 들어선 친정아버지와 우리 식구들은 들어서면서부터 고개 숙여 인사하기 바빴다.

결혼 전 라면 하나도 제대로 끓이지 못하던 똥손인 내가 결혼 후 요리 잘하는 금손이라 불리던 때가 있었다. 젖살도 채 가시지 않은 새댁의 암담한 결혼생활은 그야말로 좌충우돌이었다. 손님이 끊이지 않는 집에서 살다 보니 늘 주방에서 부엌데기처럼 일해야 했고, 어쩔 줄 몰라 하던 그때의 모습이 생생하다. 신행길을 다녀와 시댁에 처음 발을 들이는 당일, 시댁 대문을 들어선 어린 색시의 눈이 휘둥그레졌었다. 육십은 되어 보이는 어르신이 나를 보며 했던 말들은 지금 생각해도 참 황당했다.

그렇게 새댁의 부엌데기 일이 시작되고, 요리의 '요'자도 모르던 새댁은 시어머님 뒤를 졸졸 따라만 다닐 뿐 할 수 있는 게 없었다. 속이 터지신 성질 급한 우리 시어머님의 탁월한 결정력 하나로 똥손 새댁이 하루가 다르게 은손=〉금손으로 변해갔다.

매일 아침 9시 TV 프로그램 〈오늘의 요리〉를 같이 시청하면서 시어머님은 잊어버리지 않게 중요한 것은 메모하라고 하셨다. 2년을 그렇게 하고 나니 웬만한 요리는 척척 하게 되었다.이제 겁많던 새댁이 아니라 무엇이든 척척 해내는 새댁이 되었다. 그리고 아이 엄마도 되었다.

시댁을 방문하시는 어르신들은 모두 나를 예뻐하셨다. 그럴 수밖에! 죽어라 시키는 일 다 해드리고, 드시고 싶은 거 다 해드리니 어찌 안 예쁠 수 있을까? 그 속에서 죽을 거 같던 나에게 힘이 되었던 말!

"질부야, 이건 어떻게 했기에 이래 예쁘게 만들었노?" 작은어머님

"아지매~ 이건 어째 했기에 이래 맛있습니꺼?"나이 든 질부

"우리 며느리 만드는 건 다 이래 맛있네?"시아버님

이렇게 칭찬들을 하니 힘들다는 생각보다 재미가 느껴져 스스로 더 많이 더 맛있게 음식을 만들게 되었다. 오죽하면 우리 시

숙모님이 "야야, 너는 소도 때려잡겠다. 어째 이리 손이 빠르고 맛도 있노."라고 하셨을까. 지금 생각해도 힘들었지만, 칭찬하는 어른들의 말씀에 힘들어도 즐겁게 부엌데기를 했던 날들이었다.

이 한마디가 뭣이라고 또 홀라당 넘어가 주방에 서서 온종일을 종종거리곤 했다. 정말 무슨 요리 연구가처럼 요리책도 무지 사다 읽고 연습 삼아 만들어도 보며 그렇게 칭찬 한마디 한마디가 모여 새댁의 힘든 시집 생활을 다소 해소시켜 주었던 시절이 있었다.

어느덧 38년이란 시간이 훌쩍 흘러 곱던 새댁의 얼굴은 주름살이 늘어나고, 까맣던 머리엔 하얀 눈발이 서러운 나이가 되었지만, 힘들던 시집살이도 이 칭찬 한마디가 많은 위로와 행복을 선사한 걸 지금도 기억하고 있다. 힘든 시집살이 때 잘하려고 애쓰지 않았으면 어찌 되었을까? 아마도 미운털 잔뜩 박힌 미운 며느리로 낙인찍혀 있지 않았을까 싶다.

칭찬은 사람을 살리기도 하고 희망을 심어 주기도 한다. 나에게 칭찬이란 생을 이어주는 감사한 희망의 메시지였다. 칭찬하는 말은 백번을 해도 늘 듣기 좋은 말이다.

돈 드는 것도 아니고 그렇다고 미운 사람도 아니라면, 잠시 가까운 우리 주위를 둘러보며 오늘은 먼저 다가가 칭찬하는 말을 한마디씩 해주는 건 어떨까 한다.

하루 감사 일기를 쓰며

“너의 자라는 모습 하나하나가 여기에 있다.”라고 하시며 결혼 전 아버지가 내미셨던 라면박스엔 일기장부터 내가 즐겨 모으던 성냥갑, 그리고 편지, 쪽지, 사진, 상장 등 참 많은 나의 흔적들이 들어 있었다. 물론 그것들은 결혼해서 시댁에 가져오긴 했으나 한동안 꺼내어 볼 수 없었고, 시간이 흘러 아버지께서 소풍길 가신 뒤에야 일기장을 다시 꺼내어 읽어보며 오열을 했었다. 일기장 속은 매일이 그날이고 또 그날 같았지만, 단 하루라도 똑같은 날은 없었다. 때론 동생과 잘 지내다가 싸우기도 하고, 때론 덩치 작은 내가 동생의 밀침 한 번에 나뒹굴기도 했지만, 모든 날들에는 동생과 가족들과의 일들이 담긴 필름 속 아름다운 추억을 회상할 수 있는 보석 같은 사연들이 고스란히 담겨 있었다. 그리고 일기장 하루하루에 찍힌 도장이 나를 미소 짓게 했다. "참 잘했어요."라는 도장을 받으면 기분이 아주 좋았던 어릴 적 추억이 새롭게 되살아났다.

초등학교 때부터 쓰던 일기를 60이 넘은 지금도 쓸 수 있음에 감사한 날들이다. 학창 시절 아버지께서 왜 그렇게 일기를 쓰라고 했는지 알게 되었고, 아버지의 영향력이 더욱 크게 느껴진 일기장이기도 했다. 어릴 적 추억의 일기장처럼 시간의 흐름은 보이지 않게 달리고 있지만, 작은 일상 하나라도 되도록이면 자세히 기록하는 감사 일기를 쓰고 있다.

소중한 나의 유년시절을 돌아볼 수 있는 추억의 일기장을 박스에 담아 건네시던 아버지의 마음이 그리워지기도 한다. 오늘 하루도 건강하게 열심히 살아보겠노라고, 또는 오늘 하루도 잘 살았다고 기록하고 있는 나를 보며 "이 나이에 이런 거 써서 뭐할 건데?"라는 나의 옆 지기 말이 때론 부끄럽기도 하지만, "아니, 이 나이가 어때서 이런 걸 못써?"라며 발끈해 퉁명스레 답을 하기도 한다.

"당신 그거 알아? 내가 당신에게 잘못하는 말들도 여기 다 적어 두었다는 사실을." 하고 말하면 퉁명하게 "뭔데? 그런 게 있기는 한가?"라는 옆 지기의 조금은 당당한 모습을 보며 '자신 있다는 그 말투는 뭔데?'라는 생각이 들기도 했다. 말로 다 표현하지 못한 일도 여기에 다 적을 수 있고, 오늘 하루 보낸 사소한 일들도 먼 훗날 여길 보면 기억할 테니, 지금 이렇게 적고 있는지도 모른다.

생각지도 못하게 찾아온 암으로 삶의 모든 게 퇴색되어 버린 내가 생을 마감하는 마음으로 버렸던 일기장들이 이젠 내 곁에 있진 않지만, 지금은 그때의 모든 시간들을 조금씩 정리해 다시 적어 가는 과정을 만들어 가고 있기에 이 시간이 감사하다. 덕분에 쓰는 글의 하나하나가 매일 아침 쓰는 하루 감사일기가 되었다. 요즘은 작은 소재 하나에도 감사하게 되어 단어 하나라도 적어 두게 된다.

AI가 다 해주는 시대가 오고 있지만, 그것이 나의 아날로그 감성과 같은 마음으로 녹아들 수는 없다는 것을 알기에, 아날로그 세대인 나의 하루 감사 일기를 적어 나간다.

내가 나를 돌아볼 수 있는 유일한 시간, 나는 오늘도 하루 감사 일기를 쓰며 나를 돌아본다. 감사일기는 내 마음을 표현하는 유일한 방식이기도 하니까 말이다

무식한 호기심이 불러온 일들

“어~어~~~, 브레이크! 브레이크!!!”라는 말과 함께 “핸들 왼쪽으로! 왼쪽으로!!!”라는 소리가 들리자 나도 몰래 브레이크가 아닌 악셀러더에 힘이 들어갔다.

결혼 전 잠시 다녔던 직장이 건설회사였다. 그 당시는 지금처럼 온라인 이체라는 건 상상을 초월하는 일이었다. 월급날이면 무조건 두둑한 현금을 넣어주던 시절이다. 현장 사람들에게 임금을 주기 위해 본사는 월급 2일 전부터는 무척이나 바빴다. 현장에 있는 인부들과 회사 직원들의 월급봉투에 일일이 돈을 세어서 넣고 수령 확인 도장을 받아야 해서이다.

그런 시절의 어느 날, 사무실 직원들 월급만 계산해 주던 내가 현장 인부들에게 월급봉투를 직접 전해주기 위해 현장 사무실로 가야 했던 날이 있었다. 현장 근무 시간이 끝나기 전에 도착해서 월급봉투와 확인 리스트를 준비해 두고 일이 끝나길 기다리던 내 눈에 얼마 전 새로 출고한 포니2가 들어왔다. 항만 매립공사를 하던 현장의 바다 끝 테트라포트일명 TTP 앞에 주차돼 있던 흰색의 예쁜 차가 강렬히 나를 유혹하고 있었다.

"저 차 한 번 운전하면 얼마나 좋을까. 차가 여기서 보니 참 예쁘네! 차의 색상도 여기서 보니 진짜 예쁘네."라며 혼잣말로 여러 번 시승에 대한 겁 없는 나의 욕구를 내뱉었다. 그 말을 들은 우리 착한 건축기사님께서 "그라믄 한 번 운전해 볼랍니꺼?"라고 겁 없던 시절 운전이 무엇인지 모르던 내게 답변을 했다. "진짜요? 저 운전 못 하는데 해도 돼요? 가르쳐 주실 거예요?" 하며 확답을 재촉했다. 무심히 예쁜 차의 모습에 던져본 내 본능의 욕심이란 걸 뒷전으로 하고 운전대에 올랐다. 타기 전 몇 번을 일러 주었는데, 당황하다 보니 그건 아무짝에도 쓸모없는 꼴이 되고 말았던 사건이다. 넓은 공사현장에 질주 아닌 질주를 하고, 바다 쪽 테트라포트TTP에 다다르자, 다급한 우리 건축기사님은 순식간에 핸들을 돌리고 차는 회전을 하며 창고 쪽으로 돌진했다."쾅!"하는 소리와 함께 기사님의 왼손은 핸들 앞의 내 몸을 받치고 있었고, 자재창고는 순식간에 무너져 버렸다.

출고한 지 몇 개월 되지 않은 회사 차포니2는 만신창이가 되고 창고는 부서져 버렸지만, 다행히 두 사람 모두 아무 이상은 없었다. 지금 생각해 보면 순발력이 뛰어났던 우리 현장 기사님의 덕분이었다. 정신 차리고 나니 "큰일났다…. 우짜지." 하며 걱정을 하는 가운데 수습은 해야겠고, 일단 현장 인부들 월급부터 지급하였지만, 부서진 차와 창고는 결국 그대로였기에 마음은 하늘이 내려앉은 것 같았다. 그날의 무식한 내 호기심은 감당하지 못할 일을 만들어 버렸지만, 의외로 우리 사장님께서는 인명사고가 나지 않아 다행이라는 생각으로 수습을 해 주셨다.

"인생은 숙제의 연속"이라는 밀라논나 님의 말씀대로 늘 해야만 하는 부담을 가지고 있기 보다 먼저 해치우는 개운함을 떠올리며, 무언가 하고 싶고 해야만 하는 일이라면 먼저 시도하는 성격 탓에 일찍 경험해 보는 사람 중의 한 사람이다. 때론 그것이 오히려 마이너스일 때도 있지만, 한번 하고자 하면 일단 덤벼보는 성격 탓에 남들이 경험해 보지 못한 것들이 나에겐 조금 더 많다.

"앞으론 절대 이런 무식한 호기심은 갖지 말아야지. 절대로!" 라며 마음 깊이 새겼던 날이기도 했다. 내 욕심 어린 말 한마디에 깨달은 사건이기도 하다. 이런 큰 사고를 내고 나서 나의 해마에는 깊게 그날의 일들을 저장해 두고 있다. 때론 무식하게 한 우물만 파야 할 때도 있고, 어느 땐 무식하게 밀어붙여 낭패를 보기도 하는 게 인생이다.

나의 욕구나 호기심이 누군가 힘들 수도 있고, 나 자신이 아플 수도 있다는 사실을 깨달았기에, 욕심을 내는 무리한 행동과 말은 내뱉지 않아야 함을 절실히 배운 날이었다. 무리한 호기심이 무식한 사태를 일으키기도 한 날이었지만, 큰 교훈을 얻었다.

"무식한 호기심은 나와 누군가에게 큰 손해를 일으키기도 한다."라고 말이다. 내가 하면 다 옳고 남이 하면 다 틀린 것이 아니듯, 하고 싶고 호기심이 생겨도 때론 이성적인 판단을 하는 지혜로움을 가지고 살아야 한다.

옛날 그 하루가 추억의 앨범 속에서 이렇게 말한다.

"아직도 무식한 호기심으로 밀어붙이고 있지는 않겠지?"

긍정은 희망의 열쇠이다

하굣길에 “내일 6시 30분에 거기서 보자~”라고 말하는 명랑한 목소리. 그 목소리의 주인공은 명랑하면서 적극적이고 긍정적인 사고를 지닌 나의 고등학교 명랑 친구이다.

뇌졸중으로 거동하기 어려운 홀어머니 밑에서 공부하고 있던 친구는 꽤 쾌활하고 적극적이었다. 친구의 이 말은 나의 아르바이트 개시 시간을 말하는 것이기도 했다. 물론 큰 대가를 받고 한 것은 아니고, 엄마가 아는 도매상이 있어서 같이 가야 조금 싼 가격에 물건을 살 수 있다는 생각으로 도와주는 차원이었다.

당시 학교는 오전 8시 20분까지 등교해야 했다. 우리는 그 전에 도매상 입구에서 만나 간식거리를 샀고, 이것을 이쁜 사각 바구니에 담아 학교로 가지고 와서 수업 시작 전에 친구들을 상대로 조그만 상거래를 했다. 멀리서 등교하는 친구들은 아침을 먹지 않고 오는 경우가 많아, 친구의 이런 기발한 발상은 의외로 딱 맞아떨어졌다. 내겐 없는 적극성, 난 그런 친구의 매력에 흠뻑 빠졌다.

"야들아~ 배고프제~ 일로 온나! 새벽에 바로 공수해 온 따끈따끈한 만두다~"

처음엔 이렇게 말하는 친구가 조금은 낯설었다. 하지만 친구의 사정을 알기에, 묵묵히 옆에서 도왔고, 오히려 같이하는 시간이 즐거웠다. 용돈을 아껴 모은 여고생의 작은 쌈짓돈이 장사의 밑천으로 되더니, 어느새 학비를 충당할 만큼 불어난 것을 보았을 때 친구가 너무 대견스럽고 대단해 보였다.

생활이 어려운 친구의 사정을 아버지에게 말씀드린 적이 있었다. 물론 우리 집도 경제사정이 여유롭지는 않았지만, 나보다 더 어렵고 힘든 여건임을 알기에 안타까운 마음에 말씀드렸더니, 정이 많으셨던 아버지께서 친구를 집으로 초대해 주셨다.

"학교가 멀어 집에서 일찍 나와야 하는데 아침은 먹고 다니냐?"

"먹을 때도 있고, 안 그럴 때도 있어요."

"그럼, 학비와 생활비는 어떻게 마련하니?"

"언니가 있어 조금씩 아껴 쓰면서 살고 있어요."

지금도 그때 나눈 대화가 기억에 선명하다. 그렇게 이어진 대화의 내용 중 핵심은 장학금과 지금 말하는 아르바이트였다. 당시 친구는 당장 한 푼이 아쉬운 상태였다. 조금씩 모은 용돈이 얼마간 있었는데, 그 돈으로 무얼 하면 좋을지 몇 날 며칠을 고민하고 있었다. 마침 이런저런 대화 끝에 친구가 생각한 아이디어는 아침밥을 안 먹고 등교한 친구들에게 새벽에 따뜻한 만두와 떡을 사 와서 파는 일이었다. 아버지께서는 친구가 당신과의 대화 한 번으로 이런 시도를 하는 것을 보고 아마도 내가 보고 배우라고 그러신 게 아닌가 생각했다. 너무 소심하고 소극적인 성격이라, 나서서 하는 일들은 언감생심인 내게 친구는 새로운 세계를 알려주는 요술램프였다. 적극적이고 명랑한 나의 친구!

살아가면서 내가 소극적인 성격이라고 생각하던 때도 있었지만, 그 친구는 매사 적극적인 모습이 더 많아지게 만든 원인 제공자이다. 진정한 위기의 시기엔 누구나 이런 용기와 힘이 생기는 것이다. 힘든 여고 시절을 보내는 친구이지만, 누구도 그 친구의 속사정을 알 수 없었다. 너무나 밝으면서 적극적이고 결단력 있는 모습만 보였기 때문이다. 그 밝고 환한 미소 속에 친구의 마음은 얼마나 힘들었을까? 나 자신이 부끄러울 정도로 긍정적이었던 나의 친구 옥이를 불러본다.

결혼하고 나서 시집살이가 힘들어 몸무게가 37kg까지 내려갔을 때 친구는 말했다.

"있잖아~ 인생은 내가 생각하는 대로 가게 되어 있어. 긍정의 마음으로 편하게 생각해! 힘들어도 시집살이는 끝이 있다고 해. 힘내고 할 말은 하고 살아! 그래도 돼! 그래야 살지~ 알았제?"

지금 생각해도 너무 옳은 내 친구의 조언이었다.

삶은 긍정의 기운을 많이 가지고 살아야 한다. 내가 아프고 힘들다고 부정적인 생각에 사로잡혀 있기보다는 긍정의 마음으로 희망을 보고 미래를 설계하는 것에 집중한다면 오늘보다 내일은 더 나은 날이 되기에, 친구가 한 이 말들을 기억하며 오늘도 긍정의 마음으로 힘내고 내일을 위한 발걸음을 옮기고 산다.

지하철에서 본 경로 우대석의 사람들과 N세대

비도 오고 눈 건강도 좋지 않아 오랜만에 지하철을 이용해 시내를 갔다. 평일임에도 불구하고 지하철 안은 서 있을 자리가 없을 만큼 사람들로 꽉 찼다. 관심을 가지고 바라본 노약자석엔 연세 지긋한 어르신들이 앉아 계셨고, 그 앞에 서 계시는 분들도 꽤 많았다.

얼마 전까지만 해도 연세 드신 분들이 노약자석에 앉을 자리가 없으면 일반석 쪽으로 와서 젊은 사람들에게 자리를 양보 받았었는데, 오늘 서 계신 분들은 노약자석 주변을 벗어나지 않고 계셨다. 예전과 사뭇 다른 풍경과 바뀐 인식을 보게 되었다. 한참을 가는 중에 내 옆의 젊은이가 계속 노약자석들 바라보며 혼자 중얼거렸다. 그의 시선을 따라 옮겨 가니, 매우 시끄러웠다. 노약자석에서 이야기하는 소리가 제법 크게 들렸다. 중년에 접어든 나도 "조금만 소리를 줄여 주시지."라는 생각이 들 정도이니, 젊은 사람의 귀엔 얼마나 거슬릴까 싶기도 했다. 30분이 넘는 동안 노약자석에는 두 번의 변동이 있었지만, 그 이야기 소리는 똑같았다.

왜일까? 생각했다. 원인은 바로 나왔다. 나이가 들면 청각이 많이 퇴화하기 때문이다. 우선 나부터도 그걸 이해하게 되는 계기가 있다. 나의 옆 지기가 답이었다. 늘 목소리가 차분해서 알아듣기가 어려울 때도 있었는데, 60대 중반을 훌쩍 넘은 요즘은 의외로 그전보다 큰 소리로 말한다. 남편은 내 말소리가 작다고 핀잔을 몇 번 하더니, 아무래도 자신의 청력이 떨어지는 것 같다고 했다. 사실이다. 우리 어머니, 아버지를 생각해 보면 바로 이해할 수 있는 일이니까 말이다.

세월이라는 옷이 겹겹이 쌓여 가니, 청력에도 보이지 않은 옷을 껴입히고 있다는 걸 우리는 잠시 잊어버릴 때가 있다. 그러니 아직 파릇한 이 젊은이의 행동이 이해가 간다. 그리고 저기 경로석 어르신들의 큰 목소리도 이해가 간다. 나도 머지않아 그런 목소리가 될 수도 있으니 말이다. 그러나 경로석의 어른들께 하고 싶은 말은 있다.

"어르신! 공공장소이니 조금만 대화를 줄여 주시면 안 될까요."라고 말이다.

공공장소. 우리는 무의식적으로 행동할 때가 있다. '나는 절대 저렇게 안 살아!' 하고 호언장담하며 노인들의 행동에 눈살 찌푸리기보다 조금은 애처롭게, 그러면서 내 할머니, 할아버지를 바라보는 것처럼 이해하면 좋지 않을까.

세월이 변하듯, 사람도 변화하는 시대에 맞춰 가는 것도 필요하다는 사실을 잊지 말고 살아야겠다. 이제 머지않아 찾아올 나의 모습, 그리고 인생 후배들의 모습이기도 하기에, 현실적이고 감성적이기보다는 측은지심으로 바라볼 수 있었으면 한다. 10년 후 지하철에서의 모습을 그려본다. 경로석에 앉더라도 책 한 권을 손에 들고 조용히 그 공간에 있고 싶다. 중년의 아름다운 모습으로! 젊은 청년들의 미간을 찌푸리게 하지 않고, 누구에게도 피해를 주지 않는 멋진 어른의 모습을 상상해보면서 공공장소에서의 예절을 다시 한 번 그려보며 N세대들과 조화롭게 어울리는 삶을 살고 싶은 마음이다.

구멍 난 양말을 꿰매며

"여보! 내 양말 또 구멍 났네. 좀 꿰매 주소."라고 옆 지기가 구멍 난 양말을 들이민다. 바늘에 실을 꿰어 양말을 꿰매려 하니, 양말 안으로 넣을 전구가 없다. 예전엔 전구 하나쯤은 늘 반짇고리 통에 있었는데, 요즘은 양말을 꿰맬 일이 거의 없을 뿐 아니라 백열전구도 사용할 곳이 없다 보니 사다 놓지도 않는다. 그렇다고 양말을 버리기에는 너무 아깝다. 사서 몇 번밖에 신지 않은 양말이고 나름 아끼는 양말이다 보니, 더욱 소중히 꿰매어 신기고 싶었다. '이걸 어쩌지?' 하며 잠시 망설이다 어린 손녀가 몇 개 떨어뜨리고 간 작고 귀여운 플라스틱 공이 생각났다. 이럴 때 이게 얼마나 감사한지 모른다. 양말을 꿰매며 이런 생각이 든다. 요즘 젊은 세대들은 양말들은 꿰매어 신기는 할까? 아니면 그냥 버릴까? 우리 때는 무조건 한 번쯤은 꿰매어 신었던 기억이 있다. 그래서 시부모님 것과 아이들 것까지 바느질하느라 반짇고리 통이 열일을 하던 예쁜 녀석이었다. 이불도 모두 솜이불이라 겉 홑청과 속 홑청을 따로따로 빨아 말린 다음, 양 귀를 모두 맞춰서 일일이 기웠으니 말이다.

남편의 양말은 자주 구멍이 난다. 워낙 걷는 걸 좋아하는 사람이라, 면양말을 사면 금방 구멍이 난다. 너무 구멍이 잘 나니, 아예 기워주지 않고 버리게 되었다. 예전 같으면 무조건 한 두 번을 기워 신겼는데, '지금 나 왜 이러고 살지?'라는 생각을 했다. 무조건 기워 신는다기보다는 그 시간에 다른 일을 하느라 더 바쁘다는 핑계 아닌 핑계를 대며 말이다.

정말 그 정도로 바빴단 말일까? 아니다. 생활의 변화가 나를 그렇게 만들었고, 시대의 흐름이라는 변명을 만들어 그냥 그렇게 쉽게 가도 된다고 생각하게 되었다.

아끼는 게 버는 것보다 더 우선이 되어야 한다는 것을 뒤늦게 알게 되었고, 이제 그냥 사기보다는 꼭 필요한 것인지 몇 번을 생각하고, 하나를 사면 하나를 버리는 습관을 들이려 하고 있다. 그렇기에 내가 아끼는 양말과 다른 옷가지들도 더욱 소중히 여기며 다시 새 생명을 주고 또 다듬어서 소중히 여기며 살고 있다.

실제로 나의 옷장에 있는 옷들은 모두 5년에서 20년이 넘는 옷들이 대부분이다. 하나하나 모두 소중한 나의 것들이기에 애정이 간다.

구멍 난 양말 하나를 꿰매어 신으면서 느끼는 나름 행복한 마음은 이런 건가 보다. 나는 아끼는 것들이 너무 많은 부자라고…. 하루가 다르게 변하는 세상이지만, 알뜰해서 나쁠 건 없지 않을까? 구멍 난 양말이 내게 미소를 지으며 이렇게 말한다.

"더 오래 당신과 함께하고 싶어요~~"라고.

무조건 새것! 무조건 편한 것! 이것쯤이야~

이런 것들을 조금 멀리해서 보내 버리면 어떨까 싶다.

회수권과 아날로그 감성

"오라이~~ 출발~~"

"탕! 탕! 탕!"

1970년대 버스를 탈 때의 풍경과 소리이다. 여학교 시절, 그때는 학교에서 버스 회수권을 구매한 후 그것을 버스 안내양에게 주고 버스를 타야 했다. 지금은 디지털 시대에 맞게 모바일 교통카드나 일반 교통카드가 있어서 편리하지만, 예전엔 버스를 타려면 버스 안내양에게 학생회수권이나 토큰, 현금을 주어야 했다.

시대가 달라지면서 IT 강국이 된 우리나라에서는 휴대폰에 앱 하나만 설치하면 버스 시간표까지 정확히 알 수 있게 되었지만, 당시는 정확한 버스 시간표가 없었다.

콩나물시루라는 말이 있을 정도로 버스가 우리 서민들의 발 노릇을 톡톡히 하던 시절! 버스 안내양의 "오라이~~ 출발!"이란 소리는 지금도 생생히 기억하고 있다.

어느 날은 맨 마지막에 겨우 올라타 버스 문을 제대로 닫지 못한 안내양 언니의 품에 안겨 검정 주름치마 속의 하얀 속치마가 나플거리며 출발할 때도 있었고, 버스 속에서 김치 국물 냄새가 솔솔 풍기는 등굣길을 맞이하던 날도 있었다. 안내양 언니의 주머니는 금고나 다름없었다. 회수권 하나라도 잊어버릴세라, 주머니에 덮개를 만들어 붙인 언니들도 간혹 있을 정도로 귀한 회수권이었다.

한 달에 한 번 학생 버스 회수권을 사서 잃어버리지 않게 회수권 케이스에 넣어두고는 촘촘히 밀어내어 한 장씩 꺼내 쓸 정도로 참 소중히도 여겼었다.

때론 장난기 많고 명랑한 친구들은 이 회수권 몇 장을 현금과 교환했다. 그러고 나서 매점으로 달려가 그 돈으로 간식을 사 먹으며 얼마나 즐거워했는지 모른다. 회수권 한 장으로 즐거워하던 그때 그 친구들은 지금 어떻게 지낼까 궁금하다.

학창시절 때의 버스 회수권이 지금의 교통카드와 같은 것이었지만, 이젠 그 시절 아날로그 감성이 그립다. 때론 얇은 종이에

인쇄된 회수권을 자르며 며칠까지 써야 한다는 강박관념에 사로잡히기도 했기에, 지금처럼 풍족하게 사는 시대의 청소년들에 비하면 나름 더 많은 추억을 가진 추억 부자인 셈이다.

한 번은 하굣길에 갑자기 비가 쏟아져서 버스에서 내려 집까지 오는 길에 옷과 책가방이 흠뻑 젖었고, 회수권도 함께 빗물에 젖은 적이 있었다. 그럴 때는 피치 못하게 아버지가 회수권 케이스를 분해해서 빗물에 젖은 회수권 한 장 한 장을 조심스레 분리해 담요 위에 두고 다림질을 해주셨다.

그 시절의 아련함과 추억이 오늘도 나의 가슴에 따스한 온기를 주는 영양제가 된다. 아버지가 다려주신 교복 치마 주름은 지금 생각해도 멋진 최고의 칼주름이었고, 비 오는 날 다려주신 회수권도 최고의 값진 회수권이었다.

바쁘게 살아가는 디지털 시대에 때론 이런 아날로그 감성이 짓게 배어있는 지난 세대에 대한 한 두 가지 이야기를 듣고 같이 공감해 보는 것도 후세대들에게 하나의 역사가 되지 않을까 싶다. 바쁘게 앞만 보고 달리는 중에 잠시 휴식을 취하는 것도 괜찮다.

지난 시절의 이야기를 하면 꼰대라 말하기보다 '그런 추억들이 있었구나!' 하고 같이 공감하는 세대 간의 공감 또한 좋은 정거장 역할을 하는 지침서가 될 수도 있다고 본다.

우리는 언제나 추억을 보물 상자에 담고 사는 행복한 사람들이 아닐까? 오늘의 행복을 내일까지 가져가기 위해 오늘도 열심히 추억을 만들고 보물 상자를 채워 가는지 모른다. 그 옛날 얇고 작은 회수권의 추억처럼.

돌아오라 소렌토로를 부르고 싶은 꿈

"아름다운 저 바다와 그리운 그 빛난 햇빛
내 맘속에 잠시라도 떠날 때가 없도다
향기로운 꽃 만발한 아름다운 동산에서
내게 준 그 귀한 언약 어이하여 잊을까
멀리 떠난 간 벗이여 나는 홀로 사모하여
잊지 못할 이곳에서 기다리고 있노라
돌아오라 이곳을 잊지 말고
돌아오라 소렌토로 돌아오라"

갈래머리 땋고 노래 부르던 소녀는 어디 가고, 이제 백발에 힘없고 볼품없는 여인 하나 부끄럼도 없이 흥얼거리고 있다. 이 노래가 왜 이리 좋을까? 아마도 중학생 때 음악 선생님께서 "목소리가 성악을 하면 좋을 거 같은데 부모님하고 의논 한번 해봐라."라고 하신 칭찬의 말씀 때문이 아닐까 한다. 뜻하지 않은 병마는 신체에 많은 후유증을 남겼다. 그중의 하나가 성대결절이다. 지금은 그때의 곱던 목소리, 울림은 없지만 나름 흥얼흥얼하는 게 너무 좋다. 이게 나만의 마음 산책이다. 올라가야 할 고음도 안되고, 저음도 그저 그런 말도 안 되는 음률이 튀어나오지만, 마음은 육체를 지배하는 상황이라, 여기에 만족하며 혼자서 기분을 내 보기도 한다. 흐린 하늘은 무심코 지나온 여고시절을 떠올리게 하는 마법의 주문을 외우고 있나 보다. 그 옛날 미남 음악 선생님은 지금 어쩌고 계실까? '참 멋있는 선생님이셨는데.' 새삼 선생님에 대한 감사한 마음이 들면서 아름다웠던 그 시절이 그리워진다.

누구는 처음부터 금수저이고, 누구는 처음부터 흙수저일 수 있다. 하지만 모두 부질없는 일일 것이다. 스스로를 세팅하고 컨트롤하지 못하는 인생은 어차피 알맹이 없는 껍질의 인생을 살다 갈 게 뻔하기 때문이다. 하루의 시간을 열심히 쪼개어 순간순간을 채워 가며 이루어 가는 삶은 찬란하다 못해 위대하다.

인간이 모두 그렇게 살다 가면 좋지만, 미완성 상태의 사람인지라 때론 마음에 안 드는 부분이 있기 마련이다. 하지만 늘 좋을 수도, 나쁠 수도 없는 게 마음이기에, 지금 나의 마음에 충실하고 귀를 기울이는 이 순간이 제일 행복하고 즐거우니, 이보다 더 좋은 게 있을까 싶다.

얼마 전 나의 등단 시가 실린 문학지가 나왔다. 살아가면서 이렇게 행복한 순간을 맞이하는 시간이 있다는 건 최고의 보상이 아닐까 한다. 그 옛날 성악가를 꿈꾸던 소녀가 시인이 되어 작품집이 나왔다. 꿈은 하나만 있으란 법은 없는 거니까 말이다.

누구나 세월에 따라 변할 수도 있고, 환경에 따라 피치 못해 바뀔 수 있다. 나의 꿈은 아마도 10번은 더 바뀐 것 같지만, 원점에서 보면 지금 나는 내가 원하고 갈망하는 것들을 하나씩 이루어 가고 있다. 100년도 못 채우고 가는 게 인생이다. 나의 옆 지기는 항상 굵고 짧게 살다 가면 좋겠다고 말하지만, 나는 아니다. 굵고 길게 살다 가고 싶다. 아직은 하고 싶은 것들이 너무 많고, 해보지 못한 경험들이 많기에 시간이 더 필요하다. 하늘이 허락해 준 시간까지 나의 인생에는 언제나 희망의 꽃들이 피어 있어, 언제든 그 꽃들의 향기와 함께 행복한 나눔을 실천할 수 있다고 본다.

우리가 늦었다고 포기하는 순간 미래는 작아진다. 더욱 아름답고 빛나는 미래는 내가 지금 어떻게 하고 있느냐에 달려 있다고 본다. 멋진 성악가가 되어 〈돌아오라 소렌토로〉를 부를 수 있는 무대는 없지만, 또 다른 나의 꿈이 조금씩 이루어지고 있듯이, 보일 듯 보이지 않게 채워 가면 되는 것이다. 인생을 살아보니 길지만은 않다. 요즘 입버릇처럼 하는 말이다. 지나고 나서야 저 멀리 가버린 과거의 일들이 보이듯, 내 미래는 아직 보이지 않기에 꿈을 가지고 그 꿈의 열매를 맺기 위해 노력하고 있다. 매일 정성을 들여 가꾸고, 물을 주고, 햇빛이 잘 들도록 해주어야 풍성한 결실이 있듯이, 현재에 충실하여 나를 위한 씨앗을 심어 두지 않으면 열매는 얻을 수 없으니 말이다. 무대 위에서 부르지 못한 나의 꿈이 글이 되고 시가 되어 세상 밖으로 나올 수 있었던 것은 포기하지 않고 꿈을 위해 하나둘 영양분을 챙겨 주었기 때문에 가능했다. 잘나서도, 뛰어나서도 아니다. 세상에 땀 흘리지 않고, 노력하지 않고 얻을 수 있는 것은 아무것도 없다는 것을 배웠기 때문이다. 금수저, 은수저 얘기를 많이들 하지만, 금수저든, 은수저든 그 수저를 어떻게 쓰고 사느냐에 따라 인간의 질이 달라진다는 것을 배워가고 있다.

흙수저도 금수저보다 더 잘하는 게 많을 수 있다는 사실을 기억하며, 비교하지 말고 나를 다듬고 채우는 것에 진심을 다하면 되는 것이다. 그게 진정한 금수저가 되는 길이니까 말이다.

계절이 바뀔 때면 한 번쯤은

"우와~~ 너무 예쁘다! 봄은 진짜 새색시같이 예쁜 것 같다, 자기야! 이런 길 걸으면 생각나는 게 없어? 무슨 표현이라도 한 번 해봐~"

"예쁘네!"

흥분 섞인 내 목소리에 돌아오는 답은 이렇게 딱 한 마디뿐이었다. 아름다움의 표현은 이 한마디 말로 끝이지만, 남편의 마음은 나와 비슷하다는 걸 알고 있어 더 이상을 기대하지 않았다. 몇 해 전 어느 날 경주로 드라이브 갔다가 보문단지에 들어서자마자 내 눈에 띄었던 꽃길의 풍경이었다. 겨울의 시린 손발이 기억의 무덤에 묻힌 지 얼마 되지 않은 듯한데, 어느새 봄 색

시도 떠나려는 모습이었다. 소복이 싸인 꽃 무덤들이 길 위를 따라 이어지고, 바람에 날리는 꽃비는 늦게나마 중년 여인의 마음을 마구 행복하게 해주었다. 똑같이 보이는 것일지라도 흩날리는 꽃잎이 마치 봄눈처럼 보이는 하얀 꽃잎의 낙화를 꽃비 내리는 봄이라고 표현하는 나와, 그냥 "예쁘네!" 한마디로 표현하고 마는 남편의 모습은 사뭇 다른 듯하지만, 표현의 서투름에서 온다는 것을 너무나 잘 알기에 그러려니 하고 넘어가는 대화들이다.

인생의 사계절이 모두 봄이면 얼마나 좋을까? 그렇지만 늘 봄이라면 추운 겨울의 뺨을 갈기듯 시린 차가움을 알 수 없고, 쓸쓸한 가을의 낙엽 밟는 소리도 외로움이라 표현하지 못할 테니, 계절에 맞는 언어도 참으로 다양하게 구사하는 여인네의 탄성을 철없는 10대 사춘기 소녀 감성으로만 봐주는 옆 지기의 마음에 살며시 계절의 옷을 입혀 보는 시간이었다.

계절이 바뀔 때면 늘 이별이고 설렘이 가득한 장면들이다. 팍팍한 삶의 여정일지라도 꽃을 보면 아직은 '행복하다.' '아름답다.'고 표현할 수 있는 소녀 감성이 남은 사람이다. 봄 녘 끝에 떨어진 꽃잎들의 화려한 꽃길 향연 속에 한때의 화려함을 있는 힘껏 자랑하고 스스로 그 자태를 꺾어버린 용기.

절개를 지키려는 논개의 열 손가락 마디에 담긴 간절함처럼,

계절의 순환 앞에 모두 꺾여 버린 것에 대한 마지막 자존감인지 모른다.

"야~~ 이렇게 좋은 날씨에 꽃이 날리니 여자들이 좋아할 수밖에 없겠네! 남자인 내가 봐도 좋긴 하다."

겨우 경탄하는 말 한마디밖에 할 줄 모르는 60 중반을 넘은 무뚝뚝한 경상도 남자인 내 옆 지기의 무심한 듯 섬세히 툭 던진 말에 살짝 웃어도 보는 날이었다.

달리는 봄바람 속 아주 작은 감성 하나에 눈 부신 햇살과 낙화한 꽃잎들을 보며 한 번쯤은 가고 오는 계절에 대해 이별과 추억을 이야기해 보는 것도 좋지 않을까 싶다. 앞만 보고 달려온 결혼 생활 중 이런 아름다운 날들이 보상이라도 되는 듯 많은 행복을 가져다주는 어느 봄날의 여행은 중년의 부부에게 또 다른 행복의 시간을 선물하고 있었다. 30대까지 시부모님을 봉양하고 아이들 키우며 정신없이 살다가, 40대에 직업전선으로 뛰어든 시간은 인생의 황금기였다.

용광로처럼 뜨거운 열정과 함께 바쁜 날들의 연속이었기에, 50대에 느낀 빈 둥지 증후군을 긍정으로 보낼 수 있었다. 60을 넘어 맞이한 나의 봄은 매일이 감사이고 행복이다. 때론 아프고, 때론 힘들고, 그 어느 때는 모든 게 원망스럽기도 했던 지난날들을 뒤로하고 보니 비로소 조금 보인다.

늘 행복하고 불행한 게 아니듯, 때론 이성적 감성과 몽상적 감성을 표현하며 몸으로 느끼는 시간을 가지고 나를 위해 조금 더 배려와 사랑을 채울 수 있는 날이 필요하기에, 추억의 한 페이지를 장식한 아름다운 봄나들이를 잊을 수 없는 것이다.

딱 오늘만 느낄 수 있고 볼 수 있는 아름다운 날이 있다. 그건 현재 내가 서 있는 자리에서만 보이는 것이기도 하다. 아름다웠던 꽃 무덤들과 흩날리는 꽃비의 추억을 담을 수 있었던 그 순간 말이다. 옆 지기의 무딘 감성을 나의 새털 같은 감성으로 자극하던 그 순간은 나만 즐거웠던 봄나들이가 아닌, 함께 기억하는 행복했던 추억으로 남을 봄나들이가 되었기 때문이다.

그것은 긴 인생에 딱 그 순간만이 가질 수 있는 특권이기에, 바쁘고 쫓기는 일상일지라도 잠시 짬을 내서 같이 느끼고 행복에 겨워할 수 있는 조금의 여유 있는 시간을 가져 보라고 감히 말하고 싶다.

매일을 긍정으로 채워본다

“엄마! 지금 무리하는 거 같은데 얼굴은 더 밝아 보이네요? 출퇴근길이 멀고 아직 몸도 자유롭게 쓰기도 힘들 텐데, 어떻게 견뎌요? 힘들면 지금이라도 다시 생각해 봐요.”

이 말에 내 입에서 불쑥 튀어나온 말은 “무슨 말을~~ 지금 얼마나 컨디션이 좋은데~~ 진짜 너무 행복하고 좋아!”였다.

그랬다. 정말 말할 수 없이 행복하고 즐겁기에 두 번 생각하지 않고 한 말이었다.

필사의 노력 끝에 한 권의 책을 손에 넣고 현실의 터를 새 터로 바꾸는 기회로 만들었다. 그렇게 바뀐 삶의 방향에 물꼬를 트는 시기여서 ‘이걸 다시 생각할 게 뭐가 있어?’라고 생각할 때이다. 불시에 닥친 암 발병 후 이제야 긴 터널을 빠져나와 걸어가는 내게, 딸의 엄마를 걱정하는 이 말이 마음에 와닿을 리 만무했던 지난 시간의 대화이다.

혼자 무엇을 할 수 있을까? 고민만 하지 않고 열심히 무언가를 찾으면서 긍정의 마음으로 열심히 구하고 기도하며 움직였다. 그렇게 해서 시작된 60대 암 환자의 직장생활이다. 매일 정해진 시간에 출퇴근을 하고, 그 속에서 일반인들과 같이 평범하게 생활하며 웃고, 함께 식사도 하고, 커피도 마시며 수다를 떠는 행복한 시간은 사막에서 오아시스를 만난 듯, 내겐 또 다른 역사의 시작을 알리는 것이었다. 60대 암 환자의 생활에 종지부를 찍었다고 감히 말할 수 있는 행복한 직장인의 생활을 지금 내가 하고 있는 것이다.

젊은 친구들의 생각도 읽을 수 있고, 고리타분한 70대 회장님의 마음도 읽을 수 있는 조직 속에서 나는 점점 이전의 나로 바뀌어 갔다. 그런 시간이 쌓이고 쌓이면서 어느새 암 환자는 사라져 버렸고 평범한 직장인만 남아 있었다.

친구들은 말한다.

"너니까 할 수 있는 거야! 너니까 지금의 너를 다시 찾을 수 있게 된 거야!"라고 말이다.

"그래 나니까 이럴 수 있지. 오뚝이 같은 나니까."라며 내심

장단을 맞춰 보기도 했다.

삶이 힘들지 않은 사람은 몇이나 될까? 아마도 모두의 사연을 자세히 들여다보면, 크고 작은 사연들에 울기도 하고 웃기도 할 것이다. 내가 울고 있느냐, 웃고 있느냐는 중요하지 않다. 왜 울어야 하고, 어떻게 웃을 수 있는지의 상황을 직시하고 그것을 잘 다룰 수만 있다면 조금은 편안하고 나은 생활을 영위할 수 있을 것이라 본다.

초췌한 작은 몸뚱이로 언감생심 다시 직장생활을 꿈꾸며 던진 이력서 하나가 다시 예전의 삶으로 돌아갈 수 있게 만들었듯이, 왜! 무엇을! 어떻게!를 생각하고 실천하는 과정에서 나도 바뀔 수 있었다. "아프다. 나는 아픈 사람이니까."라는 자괴감에 빠져 있었다면, 지금의 행복한 시간을 맛볼 수가 없었을 것이다. 살고 싶었고, 살고자 마음을 먹었기에 길을 찾기 시작했고, 어느새 그 길이 내게로 와서 안내를 해 준 것이다. 먼저 마음먹고 행동으로 옮기기만 하면 반은 성공한 것이란 말이 이럴 때 쓰이는 말인 것 같다.

"할 수 있을까? 지금도 내가 일할 곳이 있을까? 암 환자인 내가 정말 다시 일어설 수 있을까?"라는 말을 휴지통으로 던져버린 순간 인생의 방향이 달라졌다. 지금 내가 있는 이 자리는 내가 선택하고 결정해서 가진 것이듯, 오늘도 행복한 마음 바구니에 긍정이라는 양념 한 숟가락을 넣어 본다. 작은 마음 하나에 희망을 심었고, 그 희망에 나의 정성과 굳은 의지를 더해 열심히 노력하다 보니 암 환자라는 멍울을 떼어버리게 되었고, 평범한 직장인의 삶 속에 같이 녹아들 수 있었다. 아프다고 포기하고, 힘들다고 포기해 버리면 이미 땅 밑으로 떨어진 이슬 한 방울처럼 살아갈 수도 있는 게 삶이다. 스스로 일어설 준비를 하고 움직이다 보니, 한 발자국 한 발자국 앞으로 나아갈 수 있었다.

오늘 작은 것 하나를 채워봤으니, 내일은 또 어느 하나를 채워보고 그렇게 하나씩 채워 가다 보면 나의 행복 바구니를 가득 채울 수 있을 것이다. 시냇물이 흘러 흘러 바다가 되듯이 말이다.

열정 가득하던 날이 있었나요?

"어렵다 어려워. 일주일 뒤에 시험인데…."라고 전문건설업을 하던 시절, 자격증을 준비하던 어느 날 카스에 올린 글에 "그냥 찍으면 된다네요." 라는 답글이 올라와 있었다.

당시 하던 내 사업에 관련된 자격증을 따기 위해 공부하고 배워가며 열심히 하던 시절, SNS에 올렸던 일상의 글이다.

돌이켜보니 참 아름답고, 찬란하고, 행복한 한때였다. 누구나 이런 시기를 보낸다. 단지 모르고 보낼 뿐! 그러나 그 시기엔 찬란함이, 행복이 마음에 와닿지 않았다. 세월이 흘러 이렇게 먼 시간 여행을 하고 나서야 비로소 보이는 아름다운 것들이다. 한 번쯤은 무언가에 미친 듯 이 몰두해 볼 만하다는 생각이 그땐 없었다. 단지 해야 할 것 같아서 했던 것뿐이었다. 지나고 보니 보이는 빛나는 시간 들이다.

가장 바쁘고 빛나고 행복한 비명을 지르는 시기! 40대의 시간들이다. 왜 이리 바쁜지도 모르게 바빴고, 혼자서 모든 걸 다 해내야 하는 줄만 알았다. 그런 속에서 너무도 행복하다는 것을 모른 채 앞만 보고 하나씩 해 나가던 시기이기도 하다.

돌아보니 억척같이 보낸 시간들이 나의 재산이고, 지금의 나를 존재하게 하는 삶의 주춧돌이었던 것이다. 힘든 시기는 힘들다고 말하기 쉽다. 하지만 행복한 시기에는 "나 행복해!"라는 말이 바로 나오지 않는다. '행복은 이런 거야.'를 느낄 틈도 없으니 말이다.

때론 나의 자격증 시험처럼 열정을 다해 도전해 보고, 역행하여 한 번쯤 반항도 해보았으면 한다. 그것이 오히려 미래에 재산이 되고 경험이 된다는 것을 이제야 알았기 때문이다. '어느새 이 나이가 되었지?'라고 생각하지만, 그 시절엔 아무리 열심히 해도 끝이 보이지 않았다. 아무 생각 없이 열심히 이리저리 뛰어다니며 비즈니스를 했고, 회사를 알리며 직원들을 책임져야 했다. 가정에선 주부가 되어 아이들에게 요리사 엄마라는 소리를 듣는 게 너무나 좋았던 시절이다.

돌아보니 나의 일을 좀 더 잘하기 위해 관련 분야를 공부해서 시험을 치른 게 바로 나였다.

그 시절이 두 번 다시 오지 않을 날들이고, 아무리 기다려도 돌아오지 않는다는 것을 알기에, 때론 너무 빛나고 찬란한 나의 모습도 보이고, 행복에 겨워 방방 뛰던 열정 충만한 나도 보인다. 어느 한때는 열정을 불태우는 행복한 봄날도 만들고, 정신없이 바쁘고 힘들지만 한 번쯤은 몰입하여 그것에 매달려 보는 것도 참 행복하고 아름다운 인생이 아닐까 한다. 60이 넘은 나이에 시인으로, 직장인으로, 그리고 봉사를 하는 암 환자 아닌 암 경험자이지만, 새로운 인생 2막에 도전장을 내밀어 강사라는 직업을 상상해 본다. 못 할 게 없다는 야심찬 생각을 가지고 말이다. 아직은 미흡하고 보잘것없어 보이지만, 열정을 갖고 꾸준히 실행한다면 '무엇인들 못 할까?' 하는 생각을 한다. '못 할 게 뭐 있어?'라는 당찬 나의 마음이 통하여 더 빛나는 인생 2막에 보석 같은 양분이 될 날들을 위해 매일 조금씩 성장하고 또 채워 가는 하루하루이다. 우리는 길어야 100년을 사는 사람들이기에, 지금 현재 내가 선 곳에서 할 수 있는 모든 것을 찾아 희망을 심고 열정을 심는 농부가 되고자 한다.

제3장

죽을 것 같은 시간도
지나고 보니 삶의 경험이 되었어

암 환자에서 암 경험자로

뒤처진 새

라이너 쿤체

철새 떼가 남쪽에서
날아오며
도나우강을 건널 때면, 나는 기다린다
뒤처진 새를
그게 어떤 건지, 내가 안다
남들과 발맞출 수 없다는 것
어릴 적부터 내가 안다

뒤처진 새가 머리 위로 날아 떠나면
나는 그에게 내 힘을 보낸다

작년 12월 새벽에 읽은 시이다.

전직 건설회사 대표에서 어느 순간 암 환자로 삶이 뒤바뀌어 힘든 수술, 항암, 방사선의 표준 치료를 마치고 나니 몸과 마음은 모든 걸 체념한 상태였다.

암 투병 2년의 시간은 그야말로 멈추어진 시계 속에 있는 것 같았고, 오랫동안 맺은 인연들도 자연스레 정리가 되었다. 친구도, 지인도 그리고 가깝지만 먼 친인척도 말이다.

암 환자이지만 아직은 살아 있기에, 다시금 나 자신에게 새로운 생의 활력을 주고자 노력했다.

"건강하게 지내자. 그리고 무언가를 위해 시간을 알차게 살자. 그러면 암이란 녀석도 어느 사이 친구처럼 지내든지, 아니면 이 작은 몸뚱이에서 '안녕!'하고 떠날지도 모른다."라고 혼자 확언도 했다. 인생의 방향이 다시 돌려지는 굳은 의지를 먹었던 날이 엊그제처럼 스쳐 지나간다. 어느새 1년여 전이다.

암 환자로 어렵고 힘든 시기에 이 시는 나에게 큰 위로가 되었고, 뒤처진 철새를 나에 비유하며 응원하고 '힘들지만 힘내자!'라며 되뇌기도 했다. 하지만 지금은 마음만 가지고 있는 것이 아니다. 실행을 위해 첫발을 뗄 수 있는 용기를 가진 사람이다. 어렵고 힘든 시기는 잘 이겨 냈고, 지금은 힘찬 날갯짓을 하는 예전의 나로 돌아가기 위해 열심히 달리는 중이다.

“나는 날고 싶다. 옛날처럼 리드하며 남들보다 한발씩 더 총총히 걸어가던 그때로!”라며 상상을 하고 확언을 한다.

내겐 직함이 많다. 대표님에서 암 환자, 주부, 할머니, 시인, 입찰 전문가, 부사장님, 이사님, 사무국장님, 사무처장님, 고문님 등이다. 이젠 딸, 며느리라는 직함은 없어졌지만 말이다.

이렇게 많은 직함을 가지고 있지만, 다시 나만을 위한 직함을 가지기 위해 오늘도 시간 스케줄을 만들어 나를 발전시킬 생각에 희열을 느낀다.

소확행!소소하고 확실한 행복 매일이 행복하면 반드시 암이란 녀석과 이별할 날도 머지않으리라 믿고 살아가고 있다. 스무 해의 봄을 볼 수 있을 때까지 말이다.

희망을 가지라는 흔한 말을 때론 ‘웃기고 있네!’라는 부정적인 생각으로 받아들일 때도 있었다. 건강한 시절엔 모든 게 내 맘이 통해야 정답이었다. 하지만 가장 중요한 건강을 잃고 나서야 비로소 느꼈던 바보 같은 인생 낙오자의 시간들은 내게 더 큰 것을 주었다. 나를 좀 더 자세히 들여다보게 하였고, 위로하게 하였고, 사랑하게 해주었다.

암 환자에서 일상으로 복귀하기까지 힘든 순간들이 많았지만, 무엇보다 마음을 굳게 세우는 것이 최우선이었다. 마음은 미래를 결정짓는 첫 마중물이다. 지금 나는 첫 마중물을 열심히 부어가며 펌프질을 하고 있다.

죽을 것 같은 시기엔 모든 게 아픔이고, 하늘도 슬픔이고 절망이었다. 그러나 삶이 어찌 단면만 있을까. 그런 와중에 인생의 방향이 새롭게 바뀌었고, 지금 이렇게 글을 쓰면서 자기개발을 열심히 하고 있는 정말 행복한 사람으로 인생 2막을 열어 가고 있다.

삶은 내가 주인공일 때 가장 빛난다. 그렇기에 나의 무대에 주인공으로서 조금 더 빛나게 열연하는 것이 진정한 나를 사랑하는 자세라고 생각한다. 오늘도 암 환자가 아닌, 암 경험자로서 매일을 행복한 마음으로 채우려 노력하며 살아간다. 마음먹은 대로 살 권리가 있듯이, 내가 암 환자일 이유는 없다. 언제나 자신을 채워 가고 다듬어 가는 시간 속에 있다는 것을 배워가는 미완성의 인간이기에, 조금 더 성숙해지려는 지금이 감사이고 행복인 것을 알아가고 있다.

지금 나 잘하고 있는 걸까?

간암 말기의 시아버님 병시중을 들던 시기가 있었다. 그때 결혼해서 처음으로 나를 돌아보게 되었다. "나 지금 잘하고 있어! 정말 장해!"라는 말을 나도 모르게 했다. 당시는 아무 생각 없이 마음이 가는 대로 매일 매일 최선을 다했는데, 내 마음속에 책임감과 의무가 아닌 사랑이라는 단어로 꽉 채워져 있었기 때문이다.

지금 이 순간, 딱 두 번째로 나 자신에게 잘하고 있다고 말해주고 싶다. 그동안 내게 너무 짜게 살지는 않았는가? 하는 질문을 던져보니, 지금 이 순간만큼은 잘하고 있다고 하는 두 번째 시간 속에 있었다. 진정한 나 자신의 모습을 찾으려 애쓰며 작은 그릇

안에 담긴 물을 맑게 투시해 보는 시간 속에 있었다.

오전에 잠시 해님이 보이더니 오후엔 비가 쏟아지는 전형적인 장마 날씨이다. 그럼에도 햇살 좋다고 기어이 빨래를 하는 여자이기도 하다. 오랜만에 평일 쉼을 해도 그냥 가만히 못 있는 천상 무수리 체질의 여자, 그게 바로 나이다. 일주일간 밀린 집안일을 이리저리하다 보니 주말이 쏜살처럼 지나가 버린다. 어느 주말 오후에 무심코 던져본 "지금 나 잘하고 있는 건가?"라는 질문에 "잘하고 있어!"라고 당당히 답을 한다. 예전 그 어느 한때의 짧은 순간처럼 1초의 망설임도 없이 말이다. 살아오면서 지금처럼 나에게 진심인 적이 있었던가? 아니다. 그렇게 하지 못하고 살았다. 그것은 의무감과 책임감 때문이 아니었을까 싶다. 60대에 이르러 병든 몸을 지니고서야 비로소 바라본 나라는 사람. 좀 더 싱싱한 그날들은'왜? 무엇을 그리도 갈망하고 욕심내었던 걸까?' 하고 과거의 나를 가만히 들여다본다. 유리병 속의 내가 보인다. 유리병은 크지도 않다. 그저 아담한 딱 내 몸뚱이 하나만 들어갈 수 있을 만큼의 크기이다. 인간은 자기 자신이 만든 유리병 속에서 살아가는 경우가 많다는 것이 보인다. 좀 더 펼쳐진 생각과 자유로운 영혼을 가지고 살아야 함에도, 그것을 망각한 채 살아가고 있다는 것이 보이고 있으니 말이다.

기질이 나와 비슷한 후배가 있다. 무슨 일이든 한번 하게 되면 끝이 날 때까지 매진하고 집중한다. 그리고 승부에 강하게 집착한다. "아우야, 왜 그렇게 자신을 달달 볶고 살아?"라고 물으니 "언니, 살아가면서 이렇게 일 하나하나의 완성도를 높이면 짜릿함을 맛보게 되고 나를 충만하게 해~"라고 답한다. 나는 그런 후배에게 이런 말을 했다. "너무 집착하지 마라. 그러다간 너 자신을 잃어버려." 그렇게 말한 내가 돌아보니 후배와 비슷한 삶을 살고 있다는 거였다.

'왜 그때 나를 바로 볼 수 없었을까?' 하는 생각이 드는 지금이다. 이런저런 책들을 가까이하면서 많은 걸 깨달아 가고 있다. 내 안의 나를 제대로 볼 수 있는 시간을 조금씩 갖게 되면서 '지금 잘하고 있는 걸까? 라는 질문을 자주 던진다. 후배의 말처럼 짜릿한 승부욕이 이젠 나의 전부가 아니다. 내 안의 나를 만날 수 있는 시간을 가지면서 그것으로 행복함을 느끼고 있다. 장마철에 접어들어 비가 오는 날씨에도 아랑곳하지 않고 밀렸던 빨래를 하는 일반적인 가정주부의 일도 나의 일이었고, 사회생활을 하면서 큰 프로젝트를 해내기 위해 머리를 쥐어짜며 고심하던 사람도 바로 나였다. 주어진 프로젝트 하나를 성공시키기 위해 6개월 동안 하루도 거르지 않고 정해진 시간에 문자를 보내며 열과 성을 다해 열정적으로 비지니스를 하던 그 예전의 모습만이 내가 아니다. 지금 이렇듯 여유를 가지고 나를 돌아보는 조금 부족한 모습도 진정한 내 모습이다. 여유 있게 직장 생활을 하는 사람은 별로 없다. 나도 그랬듯 많은 사람들이 빠듯한 시간 속에 쳇바퀴 돌듯 매일매일을 살아가고 있다. 그런 속에서 때로는 멍도 때려 보고, 잠시 사무실 앞 카페에 가서 홀로 커피 한 잔하면서 잠시나마 자신만의 시간을 가져보는 것도 좋지 않을까 한다. 30분이라도 스스로에게 이런 시간을 준다면 "지금 나 잘하고 있는 걸까?"라는 질문보다 "나 정말 잘하고 있어!"라는 답을 먼저 할 수 있을 것이다.

시간에 매여 살지 말고 인생을 그리며 살자. 그게 나와 우리가 살아가는 아주 짧은 찰나일지라도 진심으로 나를 사랑하고 아끼는 한 방법이다.

남은 삶에 나를 찾은 그 순간과 언젠가 찾아올 순간까지 잊지 말고 "나 정말 잘하고 있어!"라는 말을 하며 살아보려 한다. 남은 인생을 아름다운 향기로 채울 수 있는 날까지 말이다.

국수 한 그릇, 막걸리 한 사발, 햇살 한 줌의 추억

"이 대표님, 뭐 하세요? 선약 없으시면 저하고 점심 같이할래요?"라는 전화 한 통에 기꺼이 시간을 내어 함께했던 그 봄날의 점심은 아직도 따스한 햇살처럼 좋은 추억으로 남아 있다.

시절 인연과의 아픈 추억도 시간이 지나면 어느 순간 아름다운 추억으로 변모한다. 한때는 가슴속에 화가 치밀고 속상했던 그 인연조차도 이제는 지나간 일로, 좋았던 기억들로 하나둘 떠오른다. 뒤엉켰던 일들은 단절로 마무리했지만, 시간이 흐르니 그 기억들도 아픔만으로 남지 않았다. 지금은 멀어진 동종업계 대표님에게 전화가 걸려오던 날의 기억이지만, 그분과의 인연은 봉사로 시작되었기에 좋은 기억만 남기고 싶었다. 지금은 연락이 끊겼지만, 그날의 점심은 아름다운 무지갯빛 추억으로, 햇살 한 줌, 국수 한 그릇, 막걸리 한 사발과 함께 기억의 책장에 소중히 간직되어 있다. 시간이 더 흘러가면 그 인연의 아름다운 추억은 아마도 더욱 그립고 아련해질 것이다.

그때의 점심 식사도 그런 긍정의 처방 중 하나였다. 따뜻한 봄날, 햇살이 가득한 창가 자리에서 국수 한 그릇과 막걸리 한 사발을 나누며 잠시나마 일상의 무게를 내려놓았다. 그때의 국수는 평범했지만, 막걸리의 은은한 향과 함께 하얀 그릇에 담긴 국수는 유독 따뜻하게 다가왔다. 서로의 일상과 함께 동종업계 상황들에 대해 나누던 대화는 지금도 기억 속에 생생하다.

서로를 존경하며 봉사활동을 함께했던 시간들, 긍정의 에너지로 가득 찼던 그분과 6~7년을 가깝게 지내며 서로를 챙기던 업무들이 생각난다. 그런 좋던 시절, 한때 좋았던 기억들이 아쉬운 시절 인연으로 더 많이 남아 있다. 하지만 상처만 남은 인연도 있는 법이다. 지금은 단절된 인연으로 남아 있어도 나름 이유가 있었을 거라 생각하며 기억 저편에 남겨둔다. 나쁜 기억은 빨리 잊으라고 했다. 마음에 아름다운 기억들로 채우기도 짧은 세상살이를 아픈 기억들로 채울 수는 없다.

진흙 속에서 피는 연꽃처럼, 아프고 힘든 시절의 기억도 마음을 돌려보니, 남겨두면 좋을 아름다운 추억의 한 페이지가 되었다. 좋은 것만 기억하고 아픈 기억들을 버리니 마음이 편안해지는 것을 보면, 세상을 긍정적으로 살아야 하는 이유가 확실해진다. 마음이 맑아지니 몸도 저절로 건강해지는 오늘이다. 부정적인 생각을 줄여가는 지혜가 상처를 더 빨리 아물게 한다. 시간이 흐르면 상처는 희미해지고, 그때의 힘들었던 아픔과 상처도 추억으로 남을 것이다.

햇살 따뜻했던 그 날의 함께 나눈 시간들은 그 어느 때보다 소중하게 느껴진다. 시간을 되돌릴 수는 없지만, 그 순간들은 내 기억 속에 선명히 남아 있어 나를 위로한다.

그런 기억은 또 있다. 지금은 가고 없는 아쉬움 가득한 인연이다. 어느 여름날, 더위와 씨름하고 있는데 냉면을 먹으러 가자는 전화가 왔다. 쨍한 여름 햇살 아래서 거래업체 대표님과 시원한 냉면과 함께 얼음이 둥둥 떠 있는 막걸리를 마시며 더위를 식혔다. 그때의 냉면은 단순히 더위를 식히는 음식이 아니었다. 비즈니스로 얽힌 관계이기도 하지만, 우정과 동료애를 확인하는 시간이었고, 그날의 얼음 막걸리는 지금도 시원한 기억으로 남아 있다. 함께했던 동종업계 대표님도 지금 나와 같은 생각을 갖고 계실 것이기에, 좋은 추억은 항상 마음속 깊이 남아 있다는 것을 실감하게 된다.

좋은 기억은 이렇게 소중한 추억이 된다. 부정적인 생각을 긍정적인 생각으로 바꾸는 것은 어렵지만, 그럴 가치가 있다. 긍정적인 생각이 우리를 건강하게 하고, 행복하게 만든다. 시간이 흐르면 상처는 아물고, 힘들었던 아픔과 상처도 추억으로 남을 것이다.

오늘도 나는 과거의 따뜻한 추억을 꺼내어 미소를 짓는다. 그날의 햇살, 국수, 막걸리, 냉면, 그리고 함께한 시간들은 내 마음속에서 여전히 따뜻하게 빛나고 있다. 이 소중한 기억들이 나를 지탱해 주고, 앞으로 나아갈 힘도 준다.

국수 한 그릇, 막걸리 한 사발, 햇살 한 줌의 추억. 이 평범한 조합이 이렇게나 마음속 깊이 남아서 나를 미소 짓게 한다. 부정적인 기억을 지우고, 긍정적인 순간들로 채워가는 삶, 그것이 우리가 살아가는 이유이고, 앞으로도 추구할 삶의 방식이다. 오늘도 따뜻한 추억 한 자락을 꺼내어 미소 지으며, 그날의 행복을 떠올리고 오늘을 살아갈 힘을 얻는다. 이처럼 소중했던 시간들을 마음속에 품고 살아가다 보니, 힘들었던 기억도 어느 순간 따스한 추억으로 변하고 있다. 세상을 긍정적으로 바라보며, 소중한 사람들과 함께한 시간들을 되새기고, 삶의 작은 행복을 소중히 여기는 것이야말로 행복한 삶으로 가는 길이 아닐까 한다.

과거는 바꿀 수 없어도 미래는 바꿀 수 있다

"과거는 어쩔 수 없습니다. 그러나 미래는 바꿀 수 있습니다. 난관에 직면했을 때 당장은 길이 보이지 않을 수 있습니다. 하지만 보이지 않는다고 해서 길이 없다는 뜻은 아닙니다.
천천히 한 걸음씩 옮기다 보면 때는 찾아옵니다. 앞으로도 우리의 삶에 구구절절한 사연들이 어떻게 펼쳐질지 모르지만, 굉장히 멋지고 흥미진진한 이야기가 되리라는 것만은 확실합니다."

-구구킴의 《두려움을 설레움으로》 중에서

얼마 전 읽은 이 대목이 마음으로 들어온다.

아직은 암 환자의 삶에서 크게 벗어날 수는 없지만, 지나온 시간들처럼 그냥 열심히만 살아가지는 않는다. 이젠 조금 더 들여다보고 스스로를 위해서 하고 싶은 일을 하기 때문이다. 지나온 과거도 열심히 잘 살아왔지만, 현재는 더욱 내실을 다질 수 있는 새로운 세상을 보고 그곳에서 하나씩 채워 가려는 과정을 진행하고 있다. 세상에 태어나 끝나는 그날까지 정말 잘 살아왔다고 할 수 있는 사람은 얼마나 있을까. 누구나 후회와 반성이 접목하는 때가 있다. 암 진단을 받고 표준 치료를 마치고 나서도 후유증으로 몸과 마음 모두 엉망이 되어 삶에 희망을 찾을 수 없었다. 이렇게 암울하고 컴컴한 어두운 터널 속에 갇혀 있던 어느 날, 내게 삶에 대한 희망을 주었던 건 손녀 탄생이다. 천사 같은 손녀의 손을 만지는 순간 더 살고 싶었다. 손녀의 커가는 모습과 꼬물거리는 손녀의 손을 더 오래 잡고 싶었다. '살아야 한다! 살아야 한다! '그렇게 늘 마음속으로 외치며 절규를 했다. '어떻게 살아야 하지? 지금 난 두 발로 서 있기도 어려운데 어떻게!!!' 그렇게 시간만 죽여 나가고 있을 즈음 사람은 살고자 결심하면 살 것이라는 말이 내게 들려왔다.

'맞아! 예전에 아버지가 세상의 모든 진리의 답은 책에 있다고 하셨어! 책을 찾자, 책을.'이라는 생각에 마음은 이미 서점을 향해 달려갔지만, 화장실 가는 것조차도 어려워 지팡이에 의지해야 하는 상태였다. 하지만 달려간 마음을 찾아가려 겹겹이 옷과 양말을 껴 신고 항암 후유증인 말초 신경염으로 손, 발가락 끝이 닿기만 해도 아픈 통증, 근육통, 관절통을 뒤로한 채 남편의 슬리퍼를 신고 T자형 지팡이에 의지해 엘리베이터를 탔다. 걸어서 5분 거리의 서점을 한 발 또 한 발씩 아기처럼 걸으며 2~30분 걸려 도착한 뒤, 나를 찾기 위한 책들을 찾으려 민머리에 모자를 푹 눌러쓴 세 발의 초점도 없던 나는 굶주린 늑대처럼 이글거리는 눈으로 책들을 스캔해 나갔다. 참으로 사람은 자기 안목에만 비치는 답이 있나 보다. 그곳에서 눈에 띈 《50대에 도전해서 부자 되는 법》이란 책이 나를 향해 환하게 웃음 짓고 있었다. 그 책을 들고 집으로 돌아와 그날 밤 단숨에 읽고 가슴이 흥분되어 빨리 내일이 왔으면 좋겠다는 생각과 함께 서미숙 작가님을 찾기 위해 밤을 꼬박 새웠다. 다음 날 인터넷에 나온 그녀의 발자국을 더듬어 올라가니 드디어 함께할 수 있는 공간이 나왔고, 묻지도 따지지도 않고 그곳에 발을 디뎌 눌러 앉았다. 그렇게 나는 다시 태어났다.

암 환자가 아닌 암 경험자로 얼마든지 살 수 있다는 마음과 함께 강한 긍정 의식을 불어 넣게 되자 삶에 희망이 싹트기 시작했다. 사는 건 마음 먹기에 따라 이렇게 세상이 암흑이기도 하고, 설렘이기도 하다. 천천히 한 걸음씩 멘토의 그림자를 따라가다 보니 어렵지 않게 "나는 살고 싶다."라는 마음이 강한 삶의 확신으로 자리 잡았고 직장 생활까지 하게 되었다.

"인생은 삶을 포기하는 순간 절망이고, 살겠다는 의지를 불어 넣는 순간 횃불이 보인다"는 것이다. 희망이라는 횃불을 들고 내 앞에 걸어가는 멘토와 앞서간 이의 뒤를 따라가다 보니 몸도 나의 보폭 따라 회복되어 갔다.

"생각하는 대로 다 이루어진다."라는 긍정 확언과 새벽 기상, 음양수 한 잔, 그리고 짧은 마음 다스림, 책 읽기 등을 내 몸에 자동 루틴으로 장착한 지 1년이 훌쩍 넘었다.

암 환자라는 삶의 늪에서 힘겨워하던 예전의 모습은 그 어디에도 없다. 현재는 인생 2막을 새로이 열어 나를 위한, 나를 향한, 나의 글을 쓰고, 내가 보고 있는 방향을 향해 바라보며 뚜벅이처럼 한 계단 한 계단 걷고 있다.

과거는 바꿀 수 없기에 미래를 바꾸기로 했다. 그래서 매일 책을 읽고 나를 돌아보는 시간과 새벽 기상으로 하루를 감사와 배움으로 알차게 채우고 있다. 이렇게 매일 한 뼘씩 성장한다면 건강하고 멋진 행복한 삶이 나를 위해 기다리고 있지 않을까 한다.

무엇이든 잘할 수 있다는 긍정 마인드는 나를 더 성장하게 하고, 목표를 가지고 삶에 임하면 과거의 나는 어쩔 수 없지만 미래의 나는 주인공처럼 빛나는 삶으로 살아가게 될 것이라 생각하기에 10년, 20년 뒤의 미래가 기대된다.

+1의 삶

"온 방 안에 이게 뭐고! 다 늙어서 무슨 짓인지, 애들 오면 부끄럽다, 치워라! 무슨 떼부자 될 끼라고 방에 이렇게 덕지덕지해 놓고 있노!"라며 남편이 핀잔을 준다. 자기개발을 한답시고 열심히 방에 이것저것을 붙여둔 걸 보고 남편이 몇 번을 한 말이다. 올해의 10대 목표와 3년의 목표, 그리고 5년의 목표를 적어 안방에 붙여 두고 매일 눈도장을 찍는다. 1년여 지난 지금 "내년엔 전국 일주 갈 수 있겠네~~ 열심히 하세요. 작가님~"이라고 부드럽고 다소 놀리는 듯한 목소리로 말을 건넨다. 자기개발 커뮤니티에 있다 보니 "1년, 3년, 10년의 목표 세우기"라고 모두들 열심히 자기의 인생 설계를 하게 되었다. 나보다 젊은 세대들을 보며 생각한다. 돌아보니 참 열심히 악착같은 마음으로 달려온 지난 세월이지만, 너무 허술하기 짝이 없이 살아왔던 허접한 개미 같은 내가 보인다.

사업은 그나마 딸린 직원들이 있었기에 책임감과 질서를 내세우며 하긴 했다지만, 정작 나 자신의 개인 목표나 자기개발을 시도해 본 적은 없었다. 지금보다 조금 더! 내년엔 이만큼! 그다음은 이만큼! 이라는 막연한 목표를 잡았을 뿐 정확하고 세밀한 계획을 만들어 긍정의 확언을 해보진 못했다.

지난 삶은 언제나 주위 사람을 먼저 보고 "그보다 조금 더!"라는 말을 하고 살아온 삶이었다. 상처 나고 외로운 나의 영혼은 정작 보살피지 않았고, 스스로 올가미를 뒤집어쓰고 살지는 않았는지 생각해 본다.

예전 어느 날 친정엄마의 말에 나도 모르게 소스라치게 놀란 적이 있었다. 자세한 내용은 생각이 안 나지만, 아마도 주위의 누군가가 돈이 필요하였는지 엄마가 나에게까지 부탁했던 기억이 어렴풋이 난다. 당시 사는 집을 대출을 받아 장만한 상황이어서, "엄마, 나 그런 돈 없는데."라고 했더니 울 엄마 하신 말씀이 "조폐공사 돈이 말랐다면 몰라도 네 주머니에 돈이 없다면 누가 믿겠노?"라고 하셨다.

그 말을 듣고 나를 돌아보게 된 밤이었다. 참 열심히 꾸준하게 했다는 생각도 들었다. 초등학교 때부터 하던 신문 배달도 그랬고, 중학교 때부터 하던 양로원 봉사, 독도나 외지 어린이들을 위한 도서와 어린이 신문 후원 등이 그러했다.

직장 생활을 하면서 틈틈이 꽃꽂이, 비누공예 등을 배웠고, 그것으로 투 잡을 하며 열심히 돈을 모았다. 점심값 아끼려 도시락도 싸서 다니며 월급의 대부분을 저축하고 살던 청춘의 시절이었다. 그러니 엄마가 그런 말씀을 하신 건 어찌 보면 당연할 수도 있었겠다 싶은 밤이었다. 그땐 오히려 목표가 뚜렷했다. 얼마를 모아서 아파트를 사야지! 라는 강하고 확실한 목표! 결혼을 하고 사회생활에 뛰어 들었지만 예전의 뚜렷한 목표를 확신하고 살았는가?라는 질문에 열심히 살았어! 최선을 다했고! 라는 확신적 말이 나오기도 한다.

늘 소심하고 조용히 미래에 대한 계획과 저축이라는 걸 열심히 하고 살자는 생각하던 지난날을 돌이켜보니 누구보다 열정이 +1은 더 있었다.

그러나 열정만 넘쳤지, 정확하고 세밀한 계획은 조금 부족했던 시간이 보인다. 조금 더 일찍 알았더라면 하는 늦은 후회를 한다. 하고 싶었던 꿈을 향해 날개를 펴지 않고 불확실한 미래에 대한 두려움으로 저축만 열심히 하는 일개미였던 모습만 보였다. 요즘처럼 자기개발 세계가 그땐 그리 흔하지 않았던지라, 짧은 나의 머리엔 막연히 '이다음엔 이만큼!, 그리고 이만큼!'이라는 생각만 가득했을 뿐이었다.

살아오면서 정확하고 확실한 계획은 없었지만, 아무렇게 살아오지 않았음만을 다행으로 여기던 시간들이 조금은 아쉽다. 어느 순간부터 더욱 누군가의 뒤에 있는 내가 싫었고, 무엇이든 조금 더 잘하고 싶은 생각이 늘 앞서 있었기에, +1의 생활로 조금씩 나의 무기들이 생성되었던 젊은 시절 또한 보인다.

누구나 하는 말이지만, 젊음이 한창일 때는 보이지 않게 스며드는 능동적인 사람으로 성장하고 있었을 것이다. 지금도 그 열정의 +1 인생을 살고 있는 것은 아마도 자연스레 스며든 습관 때문이 아닐까 한다. 요즘 자기개발을 하는 사람들을 보면 현명하다는 생각이 많이 든다. 그리고 그 모습들에 늘 생각하게 된다. 후회는 하지 말자. 지금도 늦지 않았다, 이제라도 제대로 하면 된다고 말이다.

남편의 남사스럽다던 말이 쏙 들어간 지금, 무엇인지 모르게 채워지는 과정들이 행복하다.

"수동적인 사람이 아닌 능동적인 사람으로 살자."라는 것이 나의 좌우명 아닌 좌우명이었던 젊은 시절, 열심히 살아도 세상은 늘 엎치락뒤치락 이었다. 열심히 산다고 다 뜻대로 되는 것이 아니라 정확한 목표를 가져야 함을 배워가는 날들이었다.

‘무조건 열심히가 아닌, 정확하고 뚜렷한 목표를 가진다면 무언가 하나는 확실히 이루어지지 않을까?’라는 마음이 드는 건 내가 겪어 보았기에 할 수 있는 말이다. 현재에 충실하고 성실하게 채워 나간다면 인생은 잘 살아왔다고 할 수 있을 것이다.

굳은살

"괜히 일을 시작했나?"라는 생각을 밤이 새도록 했던 날이 아직도 기억에 새록새록 하다. 결혼하고 단절되었던 사회생활에 뛰어든 첫날! 퇴근 후 저녁 준비를 해서 식구들에게 맛난 밥을 주고 자리에 누웠는데, 다리는 퉁퉁 붓고 온몸은 평소 하지 않던 사무실 의자에 앉아 있느라 여기저기 쑤셔서 죽는 줄 알았다. 동동거리며 집안 여기저기 정신없이 살피던 가정주부로, 학부형으로 살다가 워킹 맘으로 첫 시작을 한 그날을 잊을 수가 없다. 온종일 책상에 앉아 전표 처리를 하고, 전화 응대하고, 직원들 동선 파악하느라 머리와 몸이 몹시 피곤해 엉엉 눈물이 날 지경이었다.

그렇게 일주일, 한 달, 6개월… 세월이 흐르면서 굳은살이 박이듯 피로도 줄어들고, 집안일도 조금 수월하게 하는 요령도 생겼다. 아이들이 한창 크는 때라 참으로 열심히 뒷바라지하는 찬란한 행복으로 가득 찼던 40대의 날들은 인생의 가장 다이내믹한 순간들이기도 하다. 아마도 엄마라면 누구나 그랬을 것이라 본다. 비록 힘든 시기였지만, 가장 행복하고 찬란한 시간들 속엔 유리알처럼 고운 딸과 도깨비방망이처럼 무엇이든 잘하던 아들이 곁에 있었고, 눈에 뭐가 씌었는지 연예인처럼 잘생겨 보이던 신랑이 있어 견뎌낼 수 있었다.지금 생각하니 콩깍지가 씌어서 IMF와 함께 시작된 워킹 맘의 생활에 알토란같은 아이들의 성장은 무엇보다 가장 큰 선물이었다. 한때 월세를 받던 건물주에서, 그리고 어느 순간 전세살이로 추락했고, 건설회사 경리 직원으로 시작해서 건설회사 대표까지 했던 시간들은 힘들어도 어느 정도 이겨 낼 수 있는 굳은살을 내게 만들어 주었다.

모든 것이 부족했지만 애써 채워가며 임했던 꾸준함이 큰 힘이 되었고, 한번 하면 끝까지 잘 버티는 내가 참 대견해 보인다. 결혼 초에 라면 하나도 제대로 끓이지 못했던 철부지 새댁이 층층시하에서 하나씩 배워가며 끈기를 길렀고, 부족한 것들을 채워가며 살아냈다.

너무 힘들 땐 울지도 못했고, 힘들다는 것도 표현할 수 없어

설거지하면서 콧노래를 흥얼거리며 힘든 마음을 달래려 억지 노력을 했던 시절도 있다. 때론 시누이들이 주방에서 살다시피 하는 나를 두고 "우리 올케는 진짜 천사든지, 양의 탈을 쓴 천사인 척 하는 사람인지 모르겠다."라고 하는 말을 엿들은 적도 있었다. 사실은 맞는 말이었다. 속으론 힘들어 죽겠다고 엄청 울고 있으면서 아무렇지 않은 듯 표현하지 못하는 바보 같은 사람이었으니 말이다. 누구나 처음은 힘들고, 바쁘고, 외롭고 서글프기도 하다는 생각이 들었다. 작고 볼품없는 빈 그릇이지만, 채워 가며 내 것으로 만들어 가는 과정이 인생 수업이라는 생각은 60여 년이 지나서야 보이는 것들이다. 그 시절엔 '왜 혼자 부엌데기처럼 이러고 힘들어하지?'라는 것을 생각하지도, 내색하지도 못했을까 싶다.

그때처럼 굳은살이 없던 여린 속살도 세월에 닳고 쌓이니 이렇듯 굳은살이 생겨 조금은 여유로운 시간을 이야기할 수 있는 아름다운 증표가 된다.

힘들고 지치는 시간이 쌓이다 보면 그것을 버티고 이기는 힘이 커진다. 매일매일 하나씩 채우다 보면 언젠간 내 그릇만큼 채워져 있을 거라는 믿음 하나로 매일을 인내하는 아름다운 굳은살이 생겨난다. 아는 만큼 보이고, 하는 만큼 얻는다는 어른들의 말씀은 진리였다. 태어나서 죽을 때까지 배워가며 나이를 먹는 게 인간이지만, 가만히 있어도 떠밀려 가는 인생을 사는 것이 아니라 앞길을 개척하며 비옥한 좋은 땅을 가꾸고, 튼실한 열매를 맺기 위해 열심히 꿀벌처럼 일하고, 어느 날은 녹음이 짙은 숲길을 여유롭게 거닐기도 하면서 인생의 길을 닦아 간다.

태어나는 순간부터 잘하는 게 없듯이 누구나 처음부터 잘하는 건 아니다. 0에서 시작해서 하나씩 쌓아 가는 것이다. 대신 처음 하나를 제대로 쌓아야 무너지지 않는다. 경험이 많이 쌓이지 않은 미완성의 인간이라 일단 쌓는 데만 집중하며 살아간다. 때론 누군가의 조언과 경험에 귀 기울이며 듣고 내 것으로 만들기 위해 노력한다.

처음 워킹 맘을 시작한 그때와 1년 뒤의 모습은 하늘과 땅 차이였듯이, 삶은 언제나 꾸준히 하다 보면 굳은살이 박이는 것이다. 우린 그렇게 세월의 굳은살이 박이며 하나둘 지혜를 만들어 가며 살아가고 있다.

친구들이 나보고
왜 그렇게 사냐고 한다

"성아야, 이 나이에 왜 그렇게 바쁘게 살아? 좀 쉬지. 여행 다니고 즐기기도 바쁜데 힘들지 않아? 몸 생각하며 조금 쉬면서 해."라며 친구가 말을 던진다. 친구의 말이 이해는 되었지만 '나는 지금의 내가 좋다. 아니 너무 사랑스럽다. 이렇게 행복하고 하루하루가 소중한데 더 이상 무슨 행복?'이란 생각이 더 많이 들고있다. "괜찮아~ 나 너무 행복해. 매일 이렇게 즐겁고 행복할 수가 없어~ 너도 이런 맛을 좀 보면 내 맘 알걸~~"이라고 했지만 "그래볼까~"라고 답하는 친구는 아무도 없다.

나의 자기개발 얘기가 오늘 모임에 화두가 되었다. 친구는 내가 바쁘게 움직이고 사는 것을 걱정 반 안타까움 반으로 보며 얘기했다. 꼭 그렇게 힘들게 자기개발을 해야 하는 거냐고. 친구들 기준에서 내가 그렇게 비칠 수도 있는 게 어쩌면 당연한지도 모른다. 아직은 친구들 눈에 내가 병약한 암 치료 중인 사람으로 보일 수 있으니 말이다. 현재 내 삶의 의지나 행복 지수를 모르기에 그냥 이해하고 들었다.

즐기며 사는 것, '어쩌면 당연히 그러려고 열심히 살아왔지.' 라고 생각하기도 한다. 15박 16일 유럽 여행을 다녀온 친구는 "살아 보니 세상 별거 아니더라. 처음 시작이 어렵지, 갔다 오니 또 갈 수 있을 거 같다."고 얘기한다. 본인도 아직 직장을 다니고 있기에, 선뜻 다녀올 용기를 못 냈던 게 주된 원인이었다며, 막상 다녀오고 보니 다음을 다시 기약하는 건 쉬울 거 같다는 얘기이다. 정말 세상은 마음먹기 나름이다. 처음 한 번 마음 먹기에 따라 두 번째 세 번째가 이어지듯, 자기개발도 그런 게 아닐까 한다. 그러다 '이런 행복이 있었나?' 하는 생각이 들고 거기에 몰입하게 되면 뭔가 성취하는 듯한 희열이 생긴다. 이게 나와 친구들이 보는 차이점이지만, 어느 게 옳고 그르다 할 수는 없기에, 그 자리에서 딱히 어떤 결론을 내리진 못했다. 평탄한 삶을 살아 온 친구들이지만, 그렇다고 자기 마음대로 하고 싶은 거 다 하고 살아온 자기 주도적인 삶을 산 친구들은 아니기에, 더욱 지금의 나이에 누리는 이 순간의 여유가 행복한 시간들일 것이다. 살아온 날보다 살아갈 날이 많은 시기에는 미래에 대한 막연한 여유가 있을 때와는 사뭇 다르듯이 말이다. 교직에 있는 친구는 "꿈 많은 아이들과 매일을 생활하다 보니 어느새 나도 꿈을 꾸게 되고 젊어지는 것 같아."라고 한다. "그래 바로 그거야! 꿈!"이라고 불쑥 나와 버렸다.

세월이란 열차를 타고 열심히 긴 철로를 달리다 지금의 나이가 되어 보니 어느새 열정은 식어 버리고, 꿈도 반짝이지 않고, 마음은 더욱 빛이 나지 않는 그저 그렇게 떠밀려 가는 시간에 익숙해지곤 한다. 하지만 그런 와중에 평생 시도하지 못했던 일들을 하나씩 실천해 나가는 내가 친구들의 눈에 조금 다르게 비쳤을 수도 있다. 새로움을 실천하는 것뿐인데 말이다. 자기개발에 집중하며 하고 싶은 것을 하며 사는 삶은 평생을 떠밀려 사는 삶과는 사뭇 다른 삶의 방식이기도 하다. 꿈을 향해 달리고 성취하며 하나둘 배워가는 시간은 세상 어떤 것과도 비교가 안 되는 행복이 있음을 알기 때문이다. 여행하며 행복을 찾아 사는 것, 남은 시간들을 좀 더 즐겁게 사는 것도 생각의 틀을 어떻게 하느냐에 따라 달라진다.

라디오에서 흘러나온 〈리스본행 야간열차〉라는 노래는 그 가사의 의미를 알고 들을 때와 모르고 들을 때가 다르다. 이처럼 살아가면서 조금만 마음을 바꾸면 행복을 보는 시선도 달라진다는 것이다.

행복은 마음먹기 나름이고, 나이는 숫자에 불과하다는 것을 말로만 듣던 그때와 그것을 내 것으로 승화하며 열정으로 부딪혀 가는 지금 나는 말한다.

"친구들아, 나 지금 너희들보다 10배, 100배 더 행복 하단다~~ 너희는 아직 이 맛 모르지?"라고 말이다.

삶은 때론 다르게 살아 보는 것도 매력이 넘쳐흐른다는 것을 알아간다.

모성은 물 폭탄도 이겨 내더라

"우리 딸 결혼해서 산후조리할 때까지만이라도 살게 해주세요!! 제발!!"

강렬하게 살고 싶었던 어느 날의 내 기도이다.

2014년 8월, 시간당 130mm의 물 폭탄으로 기장 좌천 일대의 홍수 피해가 전국으로 방송되었다. 당시 그 옆을 지나던 그날의 기억은 언급조차 하기 싫을 정도의 트라우마를 남겼다. 물살에 떠밀려 새로 장만한 나의 애마와 함께 물 폭탄 속에서 살기 위해 허우적거리며 애원한 기도이다. 그땐 아무것도 생각나지 않았다. 오로지 우리 딸 생각뿐이 없었다. 물속에 가라앉는 그 찰나의 순간에도 머릿속엔 내가 없는 딸아이의 결혼과 출산만 가득했다. 엄마 없이 산후조리도 제대로 하지 못하고 눈치 보며 혼자 훌쩍일 딸의 모습이 스치면서 필사적으로 우리 딸을 위한 나의 목숨 구걸을 했다.

엄마는 그런 건가 보다. 딸이 딸을 낳고, 그 딸이 또 딸을 낳아도 엄마는 딸에 대해 이런 마음일 것이다. 강한 모성은 하늘도 감동시킨다고 누가 그랬던가? 정말 하늘이 나의 기도를 들어 주어서인지 구사일생으로 차에서 빠져나왔다. 흙탕물 속에서 가라앉은 경계수를 부여잡고 떠 밀려가는 몸뚱이를 아슬하게 지탱했다. 허우적거리며 숨을 쉴 수 있도록 고개를 내밀었던 순간과 밀려오는 엄청난 물살로 인해 다시 떠 밀려갈까 봐, 가로수 벚나무를 죽을힘을 다해 부둥켜안고 있었다. 그때 멀리서 고함을 치는 소리가 들려왔다.

"또 옵니더~~ 빨리 나무 위로 올라 가이소~~ 빨리요~~"

겨우 물속에서 빠져나왔건만 또 피하라 한다. 그 말에 어디서 그런 힘이 났을까? 어깨에 걸치고 있던 작은 크로스 가방을 가지치기한 나무의 가지에 겨우 던져 걸고 힘겹게 나무 위로 올라갔다. 장례식장에 가기 위해 입은 검은색 원피스 차림이었지만, 부끄럼이란 것은 어디에도 없이 말이다.

멀리서 사람들의 환호성이 들리고 또다시 기도를 했다. "제발! 제발! 지금은 아니에요."라고 머리와 가슴으로 한없이 애원의 기도를 했다. 여러 번의 물기둥이 휩쓸고 간 후 몸은 이미 저체온증으로 정신이 희미해졌다. 이러다 죽겠다 싶어 나뭇가지에 걸쳐있는 미니 가방을 당겨 나의 몸과 나무를 가방끈으로 동여 매었다. 그렇게 잠시 시간이 흐르자, 사람들이 달려 오는듯한 소리가 들렸다. 정말 사람들이 나무에 죽을 듯이 매달려 있던 내게로 다가오고 있었다. 남정네 여럿이 긴 호수로 서로 자신들의 몸을 동여맨 채 물살을 가로질러 내가 매달려 있는 곳으로 구출하러 오고 있었고, 저 멀리 건물 옥상에 대피해 있던 마을 주민들도 발을 동동 구르며 소리를 지르고 있었다.

혼미한 정신에도 "감사합니다. 감사합니다."를 되뇌며 눈을 감지 않으려던 그날의 기억들은 오랫동안 물을, 아니 비를 무서워하는 외상 후 스트레스 장애라는 큰 트라우마로 자리 잡았다. 그때부터 신경과를 다니기 시작했다. 비 오는 날이면 사무실 출근이 두려웠고 운전이 더욱 겁났다. 그러나 나는 혼자가 아니라는 마음으로 꿋꿋이 비와의 싸움을 이어갔고 이겨 냈다.

혼자가 아니라는 마음은 조금씩 나를 일으켜 세웠고, 비와 물을 이겨 내기 위해 고군분투하던 날들과 딸을 향한 모성이 아니었다면 지금의 이 행복을 어찌 알 수 있었을까 싶다.

지금도 딸아이의 엄마를 향한 마음을 보면 '세상에 무슨 복이 많아 이렇게 곱고 예쁜 마음을 가진 딸을 내가 차지했을까.' 하며 감사하고 또 감사하는 날들이다.

세상의 모든 엄마는 자식을 위해서는 티끌만큼의 생각도 없이 자신의 목숨을 자식에게 내어 줄 수 있다. 삶이 끝나는 그 순간까지 자식은 영원히 엄마의 자식이니, 아흔의 엄마에게 예순의 딸이 어린아이처럼 보이듯, '길 조심하라.'는 말을 자식을 낳아 길러 본 다음에야 뼈저리게 실감하고 살아간다.

폭우 속 물 폭탄에 휩쓸려 가던 그 순간에도 오로지 모성의 힘으로 이겨 낸 그 순간이 아니었다면 지금처럼 진한 모성에 대한 마음이 피어오르지 않았을 것이다. 죽음의 순간에도 딸을 향한 애절한 마음으로 살고자 기도하던 날은 영화 속의 한 장면 같지만, 실제 그런 상황에 이르다 보니 인간은 멘탈이 중요하다는 사실을 실감하게 되었다.

인간은 극한 상황이 오면 제일 절실히 원하는 것 하나를 위해 진심으로 기도를 하고 애원하며 몸부림친다는 사실을 깨달은 날이기도 하다. 산고의 통증을 엄마가 되어서야 알 수 있었고, 엄마가 되어서야 부모의 마음을 알 수 있던 미약하고 부족한 인간이기에, 늘 들었던 하늘 같은 은혜, 바다 같은 은혜라는 말을 비로소 체감하게 되었다.

그날의 간절한 기도로 죽음의 문턱을 넘은 나는 물 폭탄도

이길 수 있는 강한 엄마이다. 모성은 죽음도 이겨 내는 힘을 가지고 있었다. 그래서 엄마는 위대한 사람이라고들 하지 않는가.

매일 해야 할 일만 있는 건 아니다

"어머! 내가 이런 때가 있었네?"

휴대폰 용량이 꽉 차서 속도가 많이 느려졌다. 용량을 많이 차지하는 것부터 삭제해야 한다기에 무심코 갤러리에 들어가 하나씩 정리했다. 싱가포르 여행을 하면서 찍었던 사진과 동영상들이 눈에 띄었다. 친구들, 후배들과 함께한 행복한 시간들이었다. 1년 전만 같으면 "내가 이럴 때도 있었는데, 지금 왜 이렇게 되었지?"라고 한숨을 쉬고 있었을 것이다.

열심히 일만 했던 것 같지만, 이렇게 행복하게 웃고 즐기던 예전의 모습을 보고 있으려니 어느새 얼굴에 미소를 짓고 있다. "그땐 참 행복했지."라고 말이다.

바쁜 일상에 어렵게 시간을 만들어 떠난 여행이었기에 너무도 소중했다. 모든 걸 잊어버리고 오로지 여행 속에 빠져들었던 며칠이기도 했다.

폐경기에 접어들고 갱년기를 겪으며 조금씩 나의 감정 조절이 잘 안 되는 날들이 생기기 시작할 무렵, 이런 행복의 시간을 가졌으니 얼마나 잘한 일이었는지 모른다. 그 시간 속의 아름답고 빛나는 찰나들이 사진 속에서 환하게 웃고 있었다. 힘들어도 짊어져야만 하는 무거운 짐이 어깨에 주렁주렁한 시절이었지만, 늘 무겁지 만은 않은 일탈이 있었음을 느꼈다.

암 투병 2년 후 한때 내가 가졌던 부정적인 생각과 요소들을 대치시켜 보게 된다. “내가 얼마나 열심히 살았는데 왜 이런 일이 생기지? 아무 소용없어! 다 필요 없어! 사는 게 이게 뭐야! 인생무상이야!”라는 부정적 마음들이 생겼던 시기도 있었다. ‘사진 속의 나는 지금의 내가 아니더란 말인가?’라는 생각과 함께 다시 인생 무대를 돌아보게 되는 시간이었다.

그때나 지금이나 여전히 나는 나로서 여기 존재하는데, 바쁘게 지내던 그때와 투병 생활을 마치고 열심히 자기개발을 하고 있는 나를 나란히 세워보니 역시 나는 나라는 생각으로 정리가 된다.

바쁜 삶과 일상 속에 찌들어 산다 생각하지만, 그 일상 속 어느 구석엔 이렇듯 행복하고 아름다운 일들이 같이했다는 것이 보인다.

길을 걷다가
하도 아파서
나무를 껴안고
잠시 기도를 하니
든든하고
편하고
좋았어요

괜찮아
곧 괜찮아질 거야
(중략)

이해인 수녀님의 〈나무에게 받는 위로〉 라는 시이다. 공감이 가는 시구 들이다. 때론 힘들 때 잠시 쉬어 갈 수 있는 지혜와 용기도 필요한 것을 사진 속에 들어있는 옛 추억의 기억들을 들춰내며 다시금 실감했다. 가장 바쁘고 힘든 시기에서 느낀 행복한 시간 속의 사진들이었다. 그 속의 나는 웃고 있었다. 힘들다고 누가 알아주는 것도 아닌데, 나를 위해 이런 처방을 해준 그때의 지혜롭던 시간은 지금도 아름다운 나의 시절 화보처럼 느껴진다. 살아오면서 매일 주어진 의무만 이행한 것이 아니라 때론 파티를 하듯 즐기고 화려하게 나를 빛나게 하는 날도 있었다. 그런 것이 스스로에게 주는 가장 멋진 인생 선물이고 훈장이라고 한다. 나의 인생 훈장은 무엇일까를 물어본다.

매일 숙제하듯 살지 말고 나를 위해 살자. 매일 해야 할 일들만 있는 게 아니다. 그냥 오늘은 오늘에 집중하고 살자. 내 인생의 주인공은 바로'나'니까!

매일 자신을 주인공처럼 무대 위에 세우는 사람은 평생 주인공으로 살아간다. 앞으로의 삶에 힘들고 아픔이 있을지라도 이겨낼 수 있는 마음의 여유와 아름다운 추억으로 채운다면 좀 더 따뜻하고 나눌 수 있는 삶이 만들어지리라 믿는다. 당당하게, 오늘을 채우고 멋진 내일을 그리며 지나간 시간 속의 행복한 시간들을 부정의 어느 날을 지워 본다.

행복한 추억은 부정을 지울 수 있는 가장 큰 지우개니까.

간절히 원하면 이루어진다

“잘못 전화하신 거 아닌가요?”라고 다시 물어보며 휴대폰 화면을 들여다보았다. 스팸 가능성이 낮다는 정보가 떠 있었다. 짐작을 하지 못해 돼 물은 말이다. 단 1%의 기대도 하지 않았고, 그냥 할 수 있는 것이 이것밖에 없어서 시행했던 일의 결과물이 돌아온 것이다.

기대하지 않았던 전화 한 통! 살고자 마음먹고 삶의 의지가 강해지기 시작하면서 아직도 내 사업체가 아닌, ‘직장인으로 다시 일할 수 있을까.’ 하고 잠시 심사숙고 하고 이력서를 던져 보았다. 그런데 그곳에서 전화가 온 것이다. 전화기 저쪽에서 회사의 대표님께서 직접 면접을 보고 싶다고 하셔서 연락드린 거라고 했다. 큰 기대는 하지 않고 있었는데, 그저 내게 아직은 불러주는 업체가 있다는 것만으로도 너무나 감사하고 흥분할 일이었다.

'그래. 아직도 내 능력은 여기서 끝이 아니야!'라고 스스로에게 자신감을 불어넣는 중이었다. 마음은 청춘들 못지않고, 가슴은 아직도 용광로처럼 꺼지지 않는 열정들이 가득 차 있다고 다짐했다. 기회가 된다면 마음을 다잡고 해보겠다는 각오가 서 있을 때였다.

설렘으로 잠든 탓일까? 수면제를 먹었음에도 새벽기상이 저절로 되었다. 새벽 3시 42분! 몇 년째 수면제 없이는 1분도 못 잤다. 수면제를 먹으면 최소 4시간은 의지와 상관없이 잠을 자고, 그 외 수면은 가 수면인 상태로 머물다 깼다. 그 법칙이 깨어짐은 삶에 대한 희망의 끈을 놓지 않은 강한 의지 때문이 아닌가 생각됐다. 아침 루틴을 마치고 명상을 하는데, 그날따라 '마음을 비우는 게 이런 거구나.'라는 것을 느꼈다. 평온하고 고요한 명상에 조금씩 맑아지고 있는 시간! 책을 손에 들고 읽어 내려가는데 잠시 이런 생각이 들었다.

"다시 직장을 다니게 되면 지금 하고 있는 루틴은 어쩌지?"라며 김칫국부터 마신다는 속담이 딱 들어맞는 상황을 맞이했다. 그저 면접 한번 보자는 제의인데. 그래도 마음 한구석엔 아직도 예전의 업무에 대한 욕구가 넘쳐 남을 느꼈다. 이 또한 내가 다시 살아가는 이유의 하나가 될 것이라고 확언을 해주었다.

'뭐든 하면 할 수 있다!' 이게 내 경영 철학 아닌 철학이었고, 나 역시 스스로에게 주입시키며 열심히 일한 원동력이 되었기도 했다. 삶이란 그런 것이다. 마음의 불씨를 한 번 지피고 거기에 작은 바람만 호호 불어넣어 주어도 어느새 큰 불덩이가 되듯이, 새로운 인생에 대한 그림 한 장 그려봄으로 이렇듯 새로운 세계에 대한 시야를 넓히게 되었다.

전직 대표이사에서 아직 개발된 약도 없는 신생 악성종양 환자가 된 세상이 한없이 밉고 싫은 삶의 한 꼭지를 찍고서야 내가 정말 미약한 인간이라는 걸 알게 되었다. 아직도 그 어둡고 힘든 덫에서 완전히 자유로울 순 없다. 수술과 함께 힘들었던 항암과 방사선 치료를 마치는 과정에서 예전의 내 모습은 어디에도 없이 사라지고, 민머리에 미쉐린처럼 부푼 항생제 부작용의 몸뚱이를 보며 느끼는 여인으로서의 참담함은 서글픔이 더 남았다. 그리고 그 어둡고 힘든 터널을 벗어나면서 울부짖듯 하던 기도가 있었다. 갓 태어난 손녀의 손을 만지는 순간 다시 살고 싶었고, 살아서 손녀와 아름다운 시간을 만들어 함께 삶을 녹이며 살아 보고 싶다는 간절한 기도를 했다. "앞으로 20번의 봄을 손녀와 함께할 수 있도록 도와주세요. 정말 열심히 잘살아 볼게요."

살고자 하는 간절함이 짙어지고 살아갈 방법을 찾던 어느 날, 내게 한 줄기 빛처럼 다가온 《50대에 도전해서 부자 되는 법》의 저자 꿈꾸는 서미숙 작가님이 내 인생의 두 번째 멘토이다. 병들고 지친 아낙을 새로운 세상으로 끌어내 주신 분! 나는 이 책을 단숨에 읽고 나서 가슴이 뛰기 시작하고 흥분되었다. 그렇게 해서 작가님을 찾게 되었고, 이제 작가님이 이끄는 버스에 승차했다. '닥치고 시리즈'를 하라는 말에 앞뒤 안 가리고 무조건 실행해 보자는 마음으로 던진 이력서 한 통이다. 그렇게 60대 암 환자는 겁 없이 새로운 사회생활의 첫발을 내디뎠다. 회사에 티 나지 않기 위해 무한대의 긍정 마인드를 장착했다. 덕분에 나의 마인드는 강하고 당당해졌으며, 건강도 하루가 다르게 좋아졌다. 이 글을 쓰는 지금도 전 직장에서는 내가 암 환자라는 사실을 모른다. 그렇게 철저하고 완벽하게 모든 걸 해낼 수 있었던 건 정신적 환경 설정을 바꾸어 준 긍정 마인드이다. 무엇이든 시작할 때면 직진형의 불도저 정신이 이제는 암 환자에서 암 경험자라 자칭하며 생활하고 있다.

"두드리라 열릴 것이다!"

이제는 이 말을 믿는다. 이 말을 믿어서 이력서를 작성했고, 구인 사이트에 올렸다. 그리고 며칠 후 연락을 받아 면접을 보게 되었다. 아직은 몸과 마음이 정상적이지 않음을 나 스스로 너무 잘 알기에, 면접 날짜를 조금 뒤로 미뤘다. 우선 나의 외모부터 정리해야 했기에, 일단 걷는 것부터 조금 더 안정적으로 하고, 면접 때 입을 옷도 장만해야 했다. 수술 전 금방 죽음이라도 맞이한 듯이 가족들 몰래 옷과 소장품을 정리해 버렸기 때문이다. 클래식한 정장은 모두 버렸고, 세미 정장의 옷으로 세팅, 겨울 외투로 커버했지만, 문제는 신발이었다. 당시 항암 후유증인 말초 신경염으로 인한 통증으로 구두를 신기가 어려워 어그 부츠로 커버했다. 이렇게 60대 암 환자는 겁 없이 새로운 사회생활을 시작했다. 그리고 그날 이후로 운전대를 잡고 고속도로를 달리며 출근을 시작하게 되면서 지금의 건강한 나로 자리매김하고 있다.

두드리니 열렸고, 그곳에 긍정이라는 씨앗을 심으니 희망의 싹이 텄다. 열매를 거두기 위해 열심히 물을 주고 햇살도 비치게 했더니 삶의 방향도 바뀌었다.

간절히 원하면 이루어진다는 이 말의 의미를 이제야 체감했다. 누구든 이 말을 믿고 자신을 더욱 긍정으로 키워 갔으면 하는 마음이다.

정리를 하면서

"이것 좀 버리지? 이것도 좀 버리지! 이건 안 쓰잖아! 이건 내가 버린다~~"

깔끔쟁이 남편의 잔소리가 오늘도 나온다. 나름 필요한 것만 두고 산다고 자부하는데, 남편의 눈엔 모든 게 눈엣가시인가 보다. "아니, 이건 녹즙 매일 내리기 귀찮아서 3일분 미리 만들어 놓고 먹는 병이라 안 돼요.", "이건 팔 힘이 모자랄 때 한 번씩 써야 하는 채칼인데, 왜 이걸 자기가 말해요?", "여보, 이건 아이들과 우리의 추억인데, 이걸 왜 치우려고 난리예요?"

나의 뻔한 대답이지만, 남편은 한 번씩 이런저런 눈엣가시들을 지적한다. 때론 얄밉고 정 없다고 퇴박을 놓기도 하지만, 가만히 생각해보면 남편의 잔소리가 틀린 게 아니라는 것을 안다. 아무리 아깝고 추억이 많은 것들이어도, 늘 쓰고 보고 이용하는 게 아닌 건 사실이니 말이다. 울며 겨자 먹기로 버린 게 참 많았다. 그렇게 하나둘 버리다 보니, 어느새 우리 집은 군대 막사처럼 깔끔해지고 있었다. 친구들의 집에 비해서 우리 집을 보면 느끼는 관점 같은 평수의 다른 집들에 비해 엄청 넓어 보인다는 우리 집이다. 때론 "청소도 이리 편하네."라는 말을 하기도 한다. 이렇게 시작된 요즘 대세인 미니멀 라이프를 나도 은연중에 실천하고 있다. 나름 세련된 60대의 라이프를 하는 중이다. 몇십 년 살아온 집은 누구라도 그러하듯이 오래된 것들, 비슷한 물건들이 첩첩이 쌓여 있기 마련이다. 우리 집도 예외는 아니었다. 결혼할 때 해온 혼수 이불인 명주 이불부터 신혼여행 때 입고 다니던 보라색 투피스, 바바리 등등 입지도 않고 쓰지도 않는 것들을 추억이라서 소중하다며 여태 간직하고 살았다. 차마 버릴 수가 없어 간직한 물건들이 우리 집의 터줏대감처럼 자리 잡고 있었다. 그러나 어느 날부터 과감히 버렸다. '과감해지는 시기가 있어야 시작이 되는 여자인가?'라는 생각도 해본다. 미련 때문에 쌓이는 물건들도 어느 시기엔 이 모든 것들이 다 소용없는 쓰레기가 되기 마련이다. 그래서 결심 아닌 실행을 하는 중이다. 하루 한 가지씩 버리기!

굳이 하루 한 가지가 아니더라도 최소한의 버릴 것을 찾아서 조금씩 정리하는 게 맞다는 결론을 내렸다. 당장 소중한 물건은 아니지만 '언젠가 쓰겠지.' 하는 마음이 늘 이리저리 쌓아두는 습관을 만들었다. 외국 사람들이 이사할 때 트렁크 몇 개만 가지고 다니는 것을 보면 참 신기하다 생각했다. 살아 보니 그게 제일 좋은 방식이라는 것을 알게 되었다. 요즘 이사하는 것을 보면 장롱이 없는 집들이 많이 눈에 띈다. 붙박이장 때문이다. 무거운 장롱을 이리저리 옮기다 보면 한두 군데 찍혀 몇 번의 이사 기록이 남게 된다. 우리 가정의 역사를 고스란히 담고 있는 장롱의 나이는 곳곳에 새겨진 흠집을 보면 잘 알 수도 있다. 마지막까지 우리 집 안방에 떡하니 자리하고 있는 장롱도 내 손으로 정리하고 싶다. 추억과 정이 듬뿍 담겨 있지만, 붙박이장으로 교체하고 싶은 게 솔직한 마음이다. 사는 것도 즉흥적으로 사지 않는 성격이지만, 버리는 것은 더욱 즉흥적일 수 없는 사람이라 몇 번을 버릴까 말까를 궁상 아닌 궁상을 떨었다. 처음 버릴 때 비움은 세상을 모두 버린 마음으로 시행했다. 무척이나 힘들었던 기억들 때문일까? 암 선고를 받고 수술 전 마지막을 생각하며 남편 몰래 많은 것을 과감하게 버렸다. 그땐 수술 중 다시는 깨어나지 않았으면 하는 생각이 더 많았다. 더 이상 삶에 대한 의욕도 없었고, 수술에 아무 의미를 두지 않았기 때문이다. 이젠 다소 과감해지는 나의 습관이 조금씩 집안에 보이기 시작한다. 부부반 사는 공간에 아기자기한 것들은 없어졌고, 이젠 작은 미니 화분 서너 개가 초록의 싱그러움으로 인사를 할 뿐이다. 다만 안방의 내 숨은 장롱 속에, 그리고 작은 나의 서재 방에 있는 것 말고는 말이다. 이젠 우리 집 장롱엔 4계절 옷이 겹쳐 눌러지던 현상은 없어졌다. 미련하게 쌓아두고, 걸어두는 일이 없이 과감히 버린 실행력의 결과이다.

과거의 추억으로 끌어안고 살아온 물건들을 미련 없이 보내고 나니, 그 자리는 시원한 편안함을 준다. 남편의 잔소리는 이제 많이 멈추었고, 오히려 "내 체크 옷이 안 보이네. 그거 버렸나?"라고 나에게 물어오는 요즘이다. 버릴 건 버리고 사는 비움의 승리를 맛보는 순간이기도 하다.

우리 집의 물건 정리는 이제 조금씩 되어 간다. 이젠 우리 딸 집에 가서 나의 비움을 전수해야겠다. 그러면 우리 손녀도 더 넓은 공간에서 즐겁게 지낼 수 있을 테니 말이다.

비움 테라피는 나의 마음에 여유를 주는 고마움이다. 먼 훗날 떠나고 없을 내 자리를 정리할 남은 가족을 위해서도 현명한 습관으로 자리 잡고 있다.

내가 없는 빈자리는 언제나 '깔끔하고 멋진 우리 엄마, 우리 할머니!'라는 말이 어울리게 말이다.

터널 속에서도 시간은 지나간다

휴~~횟수가 누적될수록 몸에서 부작용이 많이 일어난다.

방광, 신장이 항암 부작용으로 소변을 보기 힘들고 몸이 엄청 부었다.

그래도 아직은 참을만한 나의 인내심이 있다.

제발 여기까지만 했으면 좋겠다.

거의 12킬로 불어난 몸뚱어리

배는 복수가 찬 듯 임산부처럼 불러오고

정신은 어느 한 곳 암 홀에 갇힌 듯하고

얼마나 견뎌 낼 수 있을지 모르겠다.

다리는 코끼리 다리가 되었고

얼굴과 피부는 가렵고 아프다.

마치 마취가 깨기 전 느낌 같기도 하고

눈도 부작용으로 눈물샘이 말라버렸다.

검사 후 눈물 약 처방을 받았고

입안은 온통 쇳물 냄새와 함께

혓바닥은 무감각한 어묵 하나 굴러다니는 듯하다.

걸음이 힘들어 지팡이를 짚고 움직이는 것도 힘들다.

이렇게까지 추한 생을 이어가야 하나

휴~~~~

혈액종양내과 교수님이 치료는 잘 되었다니 감사할 따름이다. 이어서 유방센터 외래진료를 받았고, 교수님도 3개월마다 추적 검사를 시행하며 잘 진행하자고 하셨다. 아직 약이 개발되지 않은 상태라 다른 특별한 약도 없으니 조심해서 버텨보는 수밖에.

-항암 중 힘든 어느 하루와 삶의 희망이 들던 어느 잠 못 드는 밤의 일기장 중에-

이렇게 힘들게 버티던 시간도 있었다. 지금도 나와 같이 육체가 힘든 사람들, 마음이 힘든 사람들에게 아무리 힘들어도 시간은 지나가기에, 정체된 암 홀에 갇힌 듯한 마음, 그 마음을 다른 방향으로 옮기길 바라기 때문이다.

세상을 살다 보면 모든 게 끝난 거 같고, 죽고 싶고, 아무도 보기 싫고, 먹을 수도 누울 수도 없는 암울한 시기가 있을 수 있다. 겪어 보지 않으면 누구도 말할 수 없는 시간들을 나만 겪는 거 같고, 나만 홀로 세상에 버려진 거 같은 시간들이 있다. 그때의 내게도 그런 시간들이 있었다. 그토록 힘들었던 시간들도 결국은 지나는 걸 돌아보니 알게 된다.

지난 어느 날의 멈춘 시계를 들여다본다. 힘든 과거가 현재의 시점에서 보면 그냥 시간이 흘러갔다고 생각할 수 있지만, 그사이 수없이 많은 마음의 갈등과 고뇌가 있었다. 그냥 내 밑바닥의 고통들과 암 홀을 보여 주고, 나처럼 그 어느 한 시점 아픈 곳에 머물러 있지 말고 밝고 청량한 곳으로 몸과 마음을 이동하길 원한다. 인간은 누구나 시한부 선고를 받고 태어난다는 것을 그때 느꼈기 때문이다. 그러니 누구는 잘살고, 누구는 못 산다는 생각, '너는 잘났고 나는 못났나?' 하는 부정적인 생각의 틀을 먼저 깨버리고 언제나 긍정의 힘을 먼저 잡아야 내가 빨리 벗어날 수 있음을 깨달았기 때문이다.

힘들 때 누군가 해주는 한마디에 인생이 바뀔 수 있다고 한다. 누군가 해주는 말을 기다리기보다 내가 먼저 마음을 긍정으로 전환하는 시작을 권하고 싶다.

"나는 할 수 있다. 나는 할 수 있다.", "나는 건강할 수 있다.", "나는 건강하고 행복하게 살 수 있다."라고 말이다. 처음 마음먹기까지가 힘들지 함께라면 할 수 있다는 생각이다. 같이 힘들어하고 같이 기대며 살아가는 훈훈한 삶! 그건 시작하는 순간 만들어지는 거 같다.

때론 잔다르크와 같은 용기와 지혜가 내게도 있다는 것을 깨달을 필요가 있다고 생각했다. 대단한 사명과 뜻이 필요해서가 아니라 나 자신을 제대로 세우는 순간, 힘든 시간들이 지나가고 있다는 것을 느꼈기 때문이다. 아무리 죽을 것 같은 시간도 결국은 지나가더라는 것이다. 죽도록 사랑하는데, 없으면 죽을 것 같은 사람도 때론 죽일 듯이 미울 수 있는 순간이 있듯이 말이다.

잘못된 선택

"이렇게 살아서 뭐해! 나의 신뢰가 깨어지고 믿음이 사라지고 오해를 받을 바에야 결백을 증명하고 깨끗이 살다 가자!라는 마음으로 선택한 죽음은 너무나 어이가 없이 나를 무너뜨렸다. 잘나가던 CEO 시절 실오라기 같은 인연으로 이어진 인연이 전화가 왔다. 당신이 수주한 공사가 규모가 크고 그 공사에 믿음이 가는 내게 분리발주로 공사를 맡기고 싶다는 것이다. 그때까지 내게는 나쁜 인연은 거의 없었다. 늘 좋은 사람들이 주위에 있었고 나를 힘들게 하는 사람들은 없었기에 아무런 거리낌 없이 설계도면을 받았다. 견적을 주고 공사금액이 자신의 수주한 공사 금액 내에 들어오니 같이 합류해 진행하자는 결론도 만들었다. 관급 공사만 하던 내게 민간공사는 처음인지라 조금이라도 더 알아보고 진행했어야 했다. 너무 믿어버린 나의 불찰이 큰 시련의 계기가 되었다. 계약은 곧 하게 되어 있었고 그 말을 100% 믿고 있었기에 그동안 내가 진행해온 지인의 건물 리모델링 포괄공사를 답례로 이 업체에 감사와 함께 앞으로 같이 가자는 의미에서 제안을 했다. 우리 회사는 분리발주로 전문공사만 따로 계약하고 종합건설 건축부분은 당시 내게 다가온 악연의 업체에 모두 위임해 주었다. 거기까지는 순탄히 진행되었고 나의 공사에 전념했다. 일은 여기서부터 시작되었고, 건축 부분의 공사는 우리 회사와 같이 공정률에 맞춰 진행되고 있어야 했다. 우리 회사에서 하는 공사는 생각대로 진행되어 90% 공정률이 되었다. 하지만 건축 부분 공정률은 어느 순간부터 자금만 70% 이상 지급되고 공사는 50%도 진행이 되지 않았지만 건축주는 나를 믿고 기다려 주었다. 나의 지인이니 당연히 나에게 많은 이야기를 하게 되고, 나의 입장은 무조건 이 일을 제대로 완공해야 한다는 생각에 건축공사 진행 업체의 대표와 많은 전화 와 미팅을 하며 독촉을 해왔었다. 하지만 그때까지도 알지 못했다. 이자의 검은 속셈을. 믿음과 신뢰가 내 사업의 전부인 내가 할 수 있는 일은 무조건 공사를 제대로 완공하는 것이었다. 이자의 속셈을 알게 되면서부터 나의 마음은 책임감에 더욱 불타오르며 이 공사에 올 인을 하게 되었다. 그 사이 내게 준다던 공사에 대한 믿음이나 신뢰도 사라지는 상황을 전개해왔기에 더욱 힘들었다. 모든 것이 거짓이고 사기꾼이 하는 수법이었다. 건설현장에서 흔히 볼 수 있는 일인데 왜 이걸 알아 차리지 못한 걸까? 이런 사기꾼이 많은 걸 이미 알고 있었던 나였다. 내게 이런 일이 다가올 거라는 생각은 단 한 번도 해 본 적이 없었던 어리석은 시간이었다. 공사 진행이 더뎌지자 건축주의 압박은 더욱 내게 심하게 다가왔고 엎친 데 덮친다고 공사 받은 업체는 오히려 반대로 나를 이상한 방향으로 몰고 갔고, 나의 신뢰와 믿음을 갈기갈기 찢어버리고 있었다. 공사 진행 독촉 때마다 매번 거짓말로 시간을 끌어왔고, 내 신뢰도 바닥으로 추락시키는 자를 도저히 용서할 수 없는 상황이었다. 이런 상황에서 어느 순간부터 연락도 두절되기 시작했다. 이자를 찾아 나서야 했다. 모든 수단과 방법을 동원해 대표를 찾아 나섰다. 사무실은 아예 연락도 되지 않았고 이 업체와 늘 함께 하던 사람들도 어느 사이부터 나와 연결이 되지 않게 되면서 더욱 마음은 조급해지고 있었다. 그렇게 몇 개월을 찾아 나선 끝에 이 업체에게 나처럼 당한 한 건설업체 사장님을 알게 되었고 그 대표님과 함께 찾아 나섰다. 그렇게 시간이 몇 개월 흘러 지방의 조그만 사찰 공사를 하고 있다는 정보를 접하고 달려가 마주하게 되었고, 그자의 입에서는 예전의 고

분고분한 말투와 눈빛이 아닌 사납고 퉁명스러운 말이 나왔다. 적반하장에 나의 마음도 송곳이 되었고 똑 부러진 내 성격에 그것을 용납할 수 없었다. 지금 당장 경찰에 달려가 신고하고 잡아가게 하려 했지만 같이 갔던 건설업체 대표님과도 대화를 이어가며 달래어 지금 벌어진 일에 대해 책임을 지도록 만들고 돌아왔던 날이 있었다. 하지만 책임은 지지 않았고, 급기야 건축주는 30여 년 좋은 인연에서 신뢰를 저버린 나쁜 사람으로 나를 낙인찍어 버렸다. 억울했다. 너무 억울하고 원통해서 이 사람을 심판해야겠다고 마음먹었다. 그동안 그와의 모든 일지들과 대화 녹음, 그리고 메일 오고 갔던 자료, 그 외 그와 미팅한 자료들을 모두 모아 정리하는 데 며칠을 소모해 가며 사무실에서 심판을 하기 위한 준비를 마쳤다. "그래 내가 책임을 지고 나의 결백을 증명해 내자!"라는 마음으로 모든 것을 파일로 만들며 마지막 정리를 했고, 나의 회사일도 아들에게 잘 부탁한다는 글을 유서로 적으며 못난 나의 잘못이 얼마나 어리석은지를 뉘우치는 글을 남겼다. 그렇게 내 책상 위에 모든 것을 정리해 두고 모두가 퇴근한 자리를 다시 한번 둘러보고 사무실을 빠져나왔다. 아픈 남편을 두고 이런 생각을 한 나 자신의 절박한 상황은 누구에게도 말하기 힘들었고, 자존심이 허락하지도 않았다. 늦어진 퇴근으로 나에게 전화를 여러 번 시도한 남편은 급기야 아들에게 전화를 해서 물어보게 되었고 당시 사무실 옆에 독립해 생활하던 아들은 CCTV를 돌려보고는 사무실로 내려와 나의 유서를 바로 발견하고 경찰에 연락을 취했다고 한다. 남편과 아들, 서울에 사는 딸과 모두 하나가 되어 나의 유서를 접하게 되었고 경찰도 함께 움직이며 나를 찾아 출동을 했다. 내게 선택권은 이미 주어졌고. 결백과 신뢰를 선택한 나는 차를 몰고 사무실과 멀리 떨어진 곳으로 가서 번개탄과 라이터를 샀다. 그것을 인적 드문 곳을 찾아 나의 최후의 순간까지 나를 이렇게 만든자에게 전화를 하며 녹취를 했다. 너의 만행이 이 세상에 다 드러나게 될 것이고 나는 이것으로 나의 결백을 증명해 보겠다는 말도 했다. "당신은 더 이상 이 세상에 얼굴을 들고 다니면 안 되는 사람이야. 너의 자식들이 이 사실을 알았으면 한다. 그리고 앞으로는 그런 삶을 살지 마라. 너의 잘못이 네 자식들에게 돌아가게 되면 어쩔 꺼냐!" 라는 말을 하고 전화기 전원을 껐다. 얼마나 지났을까. 정신이 희미해졌고 저 멀리서 남편이 부르는 급박한 소리, 내 절친 짝지가 눈물범벅으로 나를 부르짖는 소리, 아들의 엄마! 엄마! 라며 애타게 부르는 소리가 희미하게 들렸다. 그렇게 나는 두 번째 나의 생을 마무리하는가 싶었는데 다시 살아났다. 나의 생명을 나 스스로 버렸던 날은 지금 와서 생각해 보니 현명하지 못한 나의 결정이었다. 사람을 무조건 믿은 나의 불찰을 깨우치는 순간이다. 누구나 이런 일을 당하지는 않을 것이다. 하지만 비슷한 경험들은 있을 것이다. 내가 결정한 잘못된 선택도 나 하나만을 생각한 것이었고, 남은 가족의 마음에 상처를 입힌 씻지 못할 죄스러움을 만들었던 순간이었다. 사람은 누구나 잘못할 수도 있고 상처 받을 수도 있다. 왜 이런 마음을 당시는 억울하다고 분노하며 흑백만을 나눠 정의를 내려야만 했는지 안타까움이 보인다. 그렇게 선택한 나의 두 번째 죽음은 가족의 애타는 마음과 경찰의 발 빠른 대처로 나를 두 번 살게 했다. 다시 살아서 시작한 결백 증명은 나를 더욱 강하게 만들었고 두 번 다시 이런 일을 만들지 않아야겠다는 의지로 나를 세웠다. 그렇게 나의 일 년은 두 번의 삶을 죽이고 살았다. 힘든 시간은 지나가기 마련이지만 상처와 또 다른 배움이 남는 시간이었다.

제4장

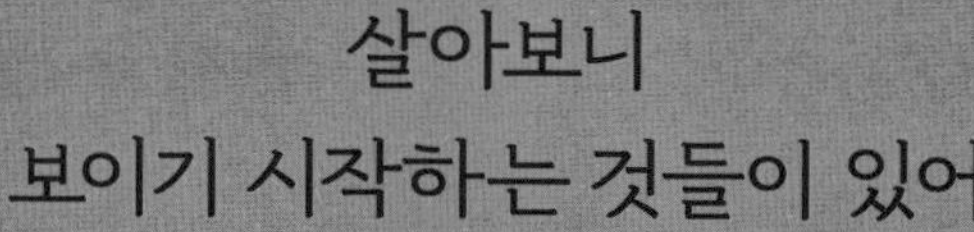

살아보니
보이기 시작하는 것들이 있어

시어머니와 며느리의 입장

"시댁에 와서 오전 11시에 일어나는 며느리가 있다면 어떨까?"

친구들과 신년회 겸 올해 첫 모임을 가지면서 나온 이야기이다. 다들 제자리에서 빛나고 있는 나의 벗들도 이제 나이가 들었음을 확실히 느끼게 하는 자리였다. 자녀들이 하나둘 결혼하고 나니, 자연스레 자식들 얘기가 시작되었고 서로의 이견이 보였다. 요즘 세대는 시댁을 어려워하긴 해도 우리네 시절처럼 힘들다고 생각하진 않는다. 한 친구가 패션 숍을 운영 중인데, VIP 고객 한 분이 와서 마음을 털어놓은 사연이다

내용인즉슨 며느리가 "시집에 와서 점심때가 다된 11시 반까

지 자고 나오더라. 가족 모두가 아침을 먹고 치우고 나서도 안 나오길래, 언제 나오나 하고 두고 보았더니 11시 반에 나오는 게 아닌가. 그러니 내가 속이 안 뒤집어지겠나?" 하며 속상한 맘을 털어놓자, 내 친구가 그 자리에서 "어머 정말요? 어떻게 그래요?"라며 VIP 손님의 말에 공감했다고 한다. "착한 우리 친구도 그런 맘이 들었구나."하고 생각하는 중에 유난히 긍정 모드와 넓은 마음의 소유자 ** 친구의 한마디! "그전에 며느리가 많이 힘들었나 보다 하고 생각하면 되지~ 아니면 차라리 들어가서 '아가, 일어나서 같이 식사하고 다시 자렴.' 하고 말하면 되지 않나?"라고 했다. 그러자 다른 친구들 일제히 "그건 아니지!"라고 한다. 헉! 난 놀랐다. 친구들의 일리 있는 말은 "그래도 기본 예의라는 게 있지, 어른들 식사하실 때 잠자리에서 나오지 않는 건 예의가 아니야. 그러려면 차라리 자기네 집에 가서 자지 왜 시집에 와서 자니?"였다. 맞다. 이 말 또한 일리 있는 말이다. 하지만 난 생각이 달랐다. '그냥 내 딸이 힘들게 직장 생활하다 부모님 집에 와서 마음 편히 자는 거라 생각하면 안 될까?'였다. 그렇게 우리들의 논쟁 아닌 논쟁이 끝나자, 작년에 며느리를 맞은 친구는 며느리가 "어머니, 저는 다른 친구나 동료들 보면 시댁 때문에 힘들어하는 거 같던데, 저는 정말 1도 그런 생각이 안 들어요. 저는 참 복이 많은가 봐요."라고 말했다고 한다. 친구는 그 말을 하며 속상해했다. 그렇게 되기까지 친구는 가슴앓이를 계속해야만 했다. 내 친구는 원칙이 있고 생각이 명확하며, 어느 누구에게도 지적보다 칭찬을 하는 사랑스런 친구이다. 그런 친구가 가슴앓이를 하는 이유는 며느리가 자기 맘에 안 들어서라기보다 중간에 있는 아들을 생각해서 해야 되는 말과 안 해야 되는 말 등등의 예의범절을 가르치지 못하고 있기 때문이다.

솔직히 나도 며느리, 사위 다 본 입장인지라, 나의 견해를 얘기하며 친구에게 "자식에게서 이제 한걸음 뒤로 물러서서 며느리 입장이 되어야 해."라고 하며 다시 한번 생각하기를 권했다."만일 며느리가 너이고, 아들이 네 남편이라면 넌 엄청 행복하지 않겠니?"라고 말이다.

요즘 세대를 세세히는 잘 모른다. 하지만 우리 딸과 아들을 생각해 보며 며느리 입장이 나의 입장이고, 우리 딸도 어느 집 며느리이기에 항상 며느리 입장을 먼저 생각해서 되도록 자주 만나는 일을 만들지 않는다. 일 년에 몇 번의 정해진 날이 아니면 되도록 전화로 안부를 전하게끔 하고 있다.아들 부부에게 그건 우리 옆 지기가 이미 결혼 전 그렇게 하고 살자고 선언했다. 딸은 항상 내게 교육을 시킨다.

"엄마, 이런 건 요즘 시대에 싫어하는 일이야.", "엄마, 이건 나도 싫을 거 같아.", 엄마, 이건 안 하면 좋을 것 같아." 등.

젊은 세대는 며느리 입장에서 시댁에 가 11시 반까지 자고 늦게 일어나 나온다고 하면 어떤 답들이 나올지 무척 궁금해진다. 상대적인 원리지만, 젊은 세대의 생각이 우리 기성세대들과 어떻게 다른지, 또는 어떻게 같은지 알고 싶기도 하지만, 그냥 내 딸이라 여기고 '지친 몸 엄마 옆에 와서 편히 쉬고 간다고 생각해야 하나?'라는 고민을 해본다.

흑백의 시간도
지나면 추억의 영화가 되더라

"현대인의 모든 병의 원인은 스트레스 때문이다."라고 흔히들 이야기해도 남의 나라 전쟁 이야기처럼 그냥 흘려 들었다.

암 환자 판정을 받기 1년 전 엄청난 스트레스가 있었고, 결국 내 몸의 세포들이 무너져 버린 시간을 맞이하게 되었다. 그러다 마지막으로 남은 건 암 환자라는 딱지였다. 이제 와 그 시간을 들여다보면서 '참 힘들었겠구나!', "잘 이겨 냈구나!' 하고 있다. 만약 무너지고 아파하던 그때의 시간들 속에서 빠져나올 계기가 없었다면, '지금 나는 어찌하고 있을까?'라는 생각을 하게 된다. 하지만 나는 살라는 하늘의 계시인지 축복인지 살아야겠다는 마음이 더 컸다. 늪에서 나와야만 했다. 죽기 살기로 살자고 마음먹으니 새로운 빛이 보였고, 그 자리에서 안주하지 않고 희망을 품었기에 흑백의 그 시간도 돌아볼 수 있는 시간이 되어 간다.

50대의 나를 생각해 보고, 40대의 나를 생각해 보아도 60대의 나는 단 한 번도 상상하지 못했다. 그렇지만 누구나 60대는 될 것이고, 그때 본인이 어떤 모습일까를 한 번쯤 생각해 본다면 지금 있는 그 자리에서 안주할 것인가? 아니면 긍정으로 희망을 품고 새로운 삶을 살아갈 것인가? 에 대해 고민해 보아야 한다.

인생이 글이라면 어떤 단어가 나와 어울릴까를 생각해 본다. '야생화', 나에게 내가 말할 수 있는 정확한 꽃의 비유이다. 원래 사막에 가서도 살아남을 수 있다는 말도 안 되는 자신감이 있던 사람이고, 죽으라고 밀어 넣은 물속에서도 살아서 나온 억척의 엄마라고 생각했다.

콘크리트 계단 사이에서도 피어나는 작지만 강한 야생화! 그것이 바로 나인 듯, 늘 그런 녀석들을 소중히 살펴보곤 했다. 언제나 발이 먼저 움직이며 생각을 하는 능동적인 삶을 살아왔지만, 부족한 마음의 양식을 채우지 못했기에 좌절도 아픔으로 다가왔고, 절망도 포기로 받아 들였던 암울하고 부끄러운 시기도 있었다. 그 시기를 벗어날 수 있었던 단 하나는 책이다.

요즘 늘 입에 달고 다니는 말이 있다. [책을 읽어라! 무조건 생각나는 거 있으면 적고 실행하도록 계획을 세워라.] [나는 죽는 그 순간까지 책을 손에 들고 있고 싶다.]이다.

"아직 늦지 않았다. 인생은 마라톤이다. 아직 갈 길이 멀다. 지금이 제일 시작하기 좋은 때다!"라는 말을 많이도 들었지만, 나의 일이라며 마음에 와 닿은 적은 없었다. "아이들 키우느라 정신없어 책 읽을 시간이 없다.", " 먹고 사느라 책 읽을 시간이 없다.", "잠잘 시간도 부족한데 책 읽을 시간이 어디 있어?" 등등 핑계 거리가 너무도 많았던 시절이 보인다. 살며시 그 시절을 되짚어 보니 바쁜 듯 게으른 모습들이 너무 확실한 필름처럼 스쳐 지나간다. 항상 젊을 줄 알았다. 늙지 않을 줄 알았다. 우리 엄마, 아버지처럼 할머니, 할아버지가 된다는 생각은 하였지만, 어느새 할머니, 할아버지가 되어버린 뒤에 소스라치게 놀라는 나를 발견하며 알게 된 하나이다. '항상 청춘이 아니구나!'라고 말이다. 바쁜 듯 살았지만, 그 속에 너무 안주하는 삶을 살았던 것 같고, 누구나 정해진 생을 살다가는 걸 알지만 언제까지 영원할 것만 같은 삶을 살았던 것 같기도 하다.

지금 내가 즐길 수 있는 것은 노안과 황반 변색으로 퇴화되어 가는 현재의 눈으로 하나라도 더 보고 싶고 좋은 글을 찾고 싶다. 따스한 햇살에 눈을 감고 슬쩍 윙크하며 익어가는 지금이 아름답다고 말할 수 있음에 감사하듯, 주름이 짙어가는 내 옆 지기의 세월을 읽어 줄 수 있는 동지의 마음을 느끼기에 행복하다. 여유가 생겨 간다는 것이다. '조금 일찍 이런 여유를 가져 볼걸!'이라는 생각과 늦은 후회는 새로운 시작이라는 말을 믿고 새로운 긍정 마음을 장착 해 본다 .

매운 시집살이도 추억이 된다

"맵다 맵다, 시집살이보다 매운 게 있을까? "라는 예전 우리네 어머님들의 말씀이 생각난다. 참 힘들었던 새댁 때 느낀 시집살이라는 단어이다.

시어머니는 자식에 대한 사랑이 남다르셨다. 오로지 내 자식뿐인 분! 당신에게 며느리는 안중에도 없어 보였다. 결혼한 딸의 생일상을 차려주기 위해 새벽에 장을 본 후 딸이 사는 집으로 가서 먹을 음식을 직접 해주는, 그야말로 내 자식 위주의 인생을 사신 분이었다.

물론 며느리 생일이라고 해서 챙겨 주신 적은 없다. 돌이켜보면 그땐 시어머님께 단 한마디도 내 마음을 말할 생각조차 하지 못했다. 그만큼 시어머님의 위력은 나에게 엄청 큰 바위였다. "우리 집은 방이 많으니 몸만 들어와서 살면 됩니더!"라고 하는 말을 듣고 아무 생각도 없이 시작한 시집살이. 시댁은 살 만큼 사는 집이었다. 집이 넓으니 들어와서 살라는 말에 아무 생각 없이 '그러겠다.'고 내 입으로 말씀 올렸고, 구태여 많은 살림을 준비해야 할 이유가 없었기에, 기본적인 전자제품 몇 가지만 표시 나게 해오라고 하시면서 대신 집안 예단에 좀 더 신경 써 달라는 말씀을 하셨다. 물론 그렇게 하기로 하였고, 별 무리 없이 진행되는 듯했다.

지금이야 양가의 의논 아래 젊은이들의 의견에 동의하고 조금만 신경 쓰면 되는 시대지만, 내가 결혼할 당시는 그렇지 않았다. 예단을 준비하는 과정에서 양가의 조율이 삐걱거리고, 껄끄러운 상황도 있는 등 매끄럽지 않은 시간을 이겨 내고 새댁이 되었다. 새벽 5시 이전 기상해서 한복을 곱게 차려입고 아침 문안 차상을 준비해 어머님, 아버님 방문을 노크하고 차상을 올려 문안을 드리면서 새댁의 하루는 시작되었다.그 시간 이후부터 저녁 12시 전까지 쉴 수 있는 시간은 정말 적었다. 결혼한 시누이들이 아침 일찍부터 출근부 도장을 찍듯 왔었고, 거기에 집안 어른들이랑 시이모님 등 친척들이 얼마나 방문했는지 모른다. 제사는 또 어찌나 많은지, 음력 6월엔 제사가 3개였다. 울 어머님은 아무렇지 않게 척척 일도 너무 잘하셨고, 작은어머님은 언제나 멋쟁이 차림으로 오셔서 좋은 얘기만 하는 좋은 어른이셨다. 시집살이는 남의 이야기인 줄만 알던 어리석은 마음이었지만, 돌아보니 채워 주는 것도 있었다. 그 시대만 통하는 시집살이이고 통념이었지만, 나름 많은 것을 얻기도 했다. 자식들은 조부모님 밑에서 엄마 아빠의 생활 모습을 실제로 보았기에, 생각하는 기준과 마음이 남달랐고, 많은 가족들로부터 사랑을 받고 살았으니 무조건 시집살이가 나쁜 것만은 아니었다.

지금 현재 긍정적이고 행복하게 생활하는 것이 남은 내 인생에서 가장 아름다운 시간이라는 것을 느끼는 나이가 되고서야 그때의 힘든 시간들이 참 아름다웠다고 예찬하고 싶은 마음이 든다. 왜냐하면 삶이 익어가는 과정 중의 하나라고 생각해서이다.

익어가는 삶이 조금은 느리더라도 매일이 긍정이고 햇살이라면 후회하지 않을 것이기 때문에, 인생의 찬란한 햇살은 지금 현재, 이 순간에 가장 맛있게 숙성되는 것이라고 본다.

나의 며느리에게는 시어머니에 대한 매운 기억보다 보드랍고 따스한 추억으로 남게 아주 구수하고 은근한 사랑을 부어 주고 싶다. 세월이 지나서야 알아 가는 매운 시집살이였지만, 어느새 그 추억도 이제는 나의 세대에서 끝이기에, '매운 시집살이가 뭔데?'라고 질문하는 사람이 있다면 예전에 이런 매운 시집살이도 추억이라 말하고 살다간 사람이 존재했었다고 답해주는 우리네 시집살이의 애환도 이야깃거리가 될 수 있지 않을까.

때론 위로의 한마디가 상처가 될 수 있더라

"괜찮아, 요즘 암은 의술이 발전해 얼마든지 완치될 수 있어!"

열이면 열 사람 모두가 하는 비슷한 위로의 말이었다. 암 진단을 받았을 때 절망과 함께 모든 삶을 포기하고 있던 내게 하는 위로의 말들은 송곳보다 아픈 말로 다가왔다. 전화기에 불이 날 정도로 걸려 오는 위로의 전화에서 어김없이 들려오는 같은 말이 이렇게 상처를 후벼 파는 송곳이 되리라는 것을 미처 몰랐다. 당장 주홍글씨 같은 딱지를 달아 버린 나의 입장에선 그 말이 몸과 마음을 더 아프게 했다. 다들 나를 위로하느라 최대한 신경 써서 한 말이라는 것도 알기에, 들어야 했고 들을 수밖에 없는 상황이었다. 환자의 입장이 되고 나서야 '내 세 치 혀가 무슨 짓을 한 거야!'라고 후회했다. 오히려 상처가 되었던 그 말을 내가 당해 보고서야 알게 되다니. '괜찮다고? 괜찮을 거라고? 내가 이제 매일 매 순간을 벼랑 끝에서 시한부로 연장하며 살아갈지 모르는 데 괜찮을 거라고?'라는 서운함이 생겼다. 그저 그런 입에 발린 소리처럼 들렸다고 하는 게 솔직한 그때의 심정이었다. 물론 안타까움과 애타는 마음으로 그런 말을 하는 것 또한 이해도 되지만, 암 환자가 되어보니 그게 아니었다.

실제로 내가 암이란 주홍글씨를 새기기 불과 1년 전 친구가 암에 걸렸을 때 나 또한 그렇게 말했다. 내가 얼마나 친구의 마음을 아프고 쓰라리게 했을까? 하는 생각이 절로 들었고, 달리 전할 수 있는 위로의 말이 더 이상 생각나지 않아 했던 위로의 말이니, 내 친구는 얼마나 마음이 아팠을까. 친구랍시고 하는 말이 누구나 쉽게 할 수 있는 그저 그런 위로의 말로 더 아픔을 주었으니 말이다. "힘내! 내가 대신 아파줄 수 없지만, 네 옆에는 항상 내가 있다는 거 잊지 말고 이겨 내자." 그냥 이 한마디만 해 주었으면 얼마나 좋았을까? 이 말처럼 큰 힘이 되는 위로가 없다는 것을 왜 그땐 생각하지 못했을까.

내가 상대의 입장이 되고 나서야 보이는 미흡한 모습. 조금만 친구의 아픔 속으로 들어가 볼걸! 왜 그땐 그렇게 하지 못했는지 많은 후회가 생겼던 때가 있었다.

사람은 누구나 실수할 수 있고, 미처 깨닫지 못한 채 상황이 종료될 수도 있는 일들이 많다. 바쁜 생활 속에서 일일이 상대의 마음을 100퍼센트 다 이해하고 말을 하지 않을 때가 종종 있다는 것도 누구나 알고 또 그렇게 이해하고 살아가고 있다.

그렇기에 때론 한마디 한마디를 상대의 입장에서 이야기하고 이해할 수 있는 게 아니라는 것도 알고 있다. 실제로 암 환우들의 모임이나 카페에서 환우들이 가장 힘들었던 위로의 말이 무엇이었냐고 물었을 때 1위가 전부 다 같은 생각이었다. 늦게나마 "내가 얼마나 많은 사람들에게 상처를 준 거야?"라고 후회하며 아파하고 깨달았던 말이다. 때론 내가 하는 위로의 말이 상대에게 얼마나 아픈 상처가 되는 줄 다시 한번 생각해서 해야 한다는 것을 배웠다. 눈물 젖은 빵을 먹어 본 사람만이 그 빵을 먹는 사람의 마음을 안다는 말이 그제야 가슴에 와 닿던 그 시간 속에서 참회의 말을 해본다. "미안해 친구야! 많이 속상했지?" 말이나 글을 통해 항상 상대의 입장에서 생각해 보라고 한 것을 익히 알고는 있었다. 그러나 막상 일이 생기게 되면, 그 순간 자신도 모르게 그저 그런 일반적인 위로의 말을 상대에게 전하게 되는 때가 수없이 많다. 이심전심, 다시 한 번 되새겨 보며 아주 작은 한마디를 하더라도 심사숙고해야 하는 때가 있다는 걸 잊지 말았으면 한다. 벼랑 끝에 서 있을 상대에게 그저 그런 "잘 버텨. 조금 있음 구조대가 올 거야."와 같은 위로의 말은 환자에게 오히려 더 불안감을 준다는 사실을 대부분은 알지 못한다. 암 환자가 되어 보지 못했더라면 아마 지금도 못 느낄 그 위로의 말을 다시 담을 수 있다면 얼마나 좋을까.

며칠 전 지인이 갑상선암 진단을 받았다. 물론 다른 암에 비해 많은 사람들이 갑상선암은 암도 아니라는 말을 쉽게 하지만, 나는 그렇게 생각하지 않았다. 내가 겪었던 상황을 생각하니 다르게 위로의 말을 전할 수 있었던 것 같다. 갑상선암도 상대에게는 다 같은 암 환자라는 두려움을 가지고 있다. 한마디 위로가 친구에게 진실한 위로가 되기 위해서는 상대의 입장에서 다시 한 번 되짚어 보는 상황을 거치고 한다면 그보다 좋은 위로는 없을 것 같다. 이제는 암 환자라는 주홍 글씨를 암 경험자라고 당당히 말할 수 있는 지금이 되기까지 마음에 꼭꼭 숨겨 두었던 이 말을 표면으로 나타낼 수 있어 얼마나 다행인지 모른다.

내가 겪어 보았기에 이제야 제대로 할 수 있는 위로의 말이고, 책에 쓰여 있지도, 같은 상황의 누군가에게 들을 수도 없을 이런 위로의 말을 뒤늦게나마 가슴으로 깨우치고 있는 지금 나에게 이렇게 이야기한다. "내가 하는 이 위로의 말이 상대에게 오히려 상처가 되는 거 아닌지 다시 한 번 생각해 보자."라고.

다른 좋은 위로의 말이 생각날 때까지 아마도 나는 이렇게 위로의 말을 할 것이다.

"친구야, 힘내자. 우리 같이 힘을 내서 이겨 보자. 그래서 오래 오래 얼굴 보고 웃으며 같이 늙어 가자."라고.

도로 위의 쌍두마차를 보며

"저 차들이 왜 저러지? 차선 둘 다 잡고 뭐 하는 짓이야! 짜증나게 시리."

운전을 하다가 슬슬 짜증이 났다. 야근을 하고 오다가 있었던 일이 떠오른다. 늦은 시간이라 도로 위에 차는 많지 않았고 특히 내가 다니는 외곽 순환도로는 더욱 그랬다. 한참을 달려오다 어느 순간부터 앞의 차 두 대가 나란히 쌍두마차처럼 달리고 있었다. 3차선에서 2차선으로 바뀌면서 이어진 두 차의 나란히 주행하는 모습을 지금도 잊을 수가 없다. 한참을 달려도 두 차는 마치 경쟁이라도 하듯 시속 80km로 주행하는 듯했고, 1, 2차선 어느 선에서도 다르지 않게 주행했다. 뒤를 따르는 차들 모두 그 속도에 맞춰 나란히 주행할 수밖에 없었다. 어느 순간부터 짜증이 나기 시작하는 시점에 보이는 게 있었다. 아니나 다를까, 1차선 차의 뒤차가 클랙슨을 빵빵 울리기 시작했고, 그 소리에 나의 시선은 2차선에서 1차선의 차를 주시하게 되었다. 잘 보이지 않는 나의 시력으로 보아도 그 차의 운전자는 여자분이었다.

2차선으로 옮겨 가야 마땅할 거 같은데 여전히 1차선을 고수하고 있었기에, 뒤 차선의 차주는 연신 클랙슨을 울렸지만, 반응도 없이, 아니 비상등 깜빡이 한번 넣지 않고 그저 시속 70~80km를 고수하는 앞차가 도저히 이해되지 않았다. 당시 도로의 최고 속도는 100~80km로 바뀐 구간이었다. 도로가 잠시 주차장이 되어 가고 있을 즈음, 2차선의 차량이 속도를 내어 앞으로 나아가고, 나도 1차선의 차량을 지나 달렸으나 1차선에서 클랙슨을 울리던 차는 2차선으로 차선을 변경해 차창을 내리더니 더욱 강하게 클랙슨을 울려대며 손을 내밀고 1차선 차를 향한 손짓과 무엇인가 말을 쏟아내는 듯했다.

차가 멀어지고 어느새 시내 도로의 2차선에서 신호 대기하고 있던 내 차 앞에 문제의 저속차량이 멈췄다. 나는 무의식적으로 차량의 번호를 외우는 습관이 있다. 멈춘 후 자세히 보니, 차량의 운전자는 내 나이 또래의 여성인 듯했다.

내 나이대면 얼마든지 도로 교통에 대한 기본은 이해하고도 남을 듯한데 왜 그랬을까, 궁금했다. “1차선은 추월 차선인데 왜 저속으로 달리며 2차선으로 바꾸지 않고 계속 달렸지?

교통 기본을 모르는 나이도 아니구만, 쯧쯧쯧!” 하던 그 순간, 운전하는 여성의 어깨 들썩임이 보였다. 안경을 쓴 상태의 얼굴을 연신 손으로 닦으며 어깨를 들썩이고 있는 그녀를 보며 순간적으로 느껴지는 것이 있었다. “아~ 맞다. 지금 이 길은 암 전문병원 원자력의학원으로 가는 방향이잖아.”

아마도 그 여성의 눈물은 그곳에 누군가가 위급한 상태가 아닐까, 아니면 다른 힘든 상황?

이런저런 상상을 하는데, 연신 뭐라 말하는 듯한 여성의 모습을 보게 되면서 나의 마음에는 그 여성의 사정이 지금 많이 힘들고 아픈 것이라는 확신이 들었다.

나 역시 3년 전 원자력 의학원으로 올케의 임종을 보러 가는 동안 정신이 하나도 없었다. 그날의 힘든 기억들에는 도로 위의 상황들이 백지상태로 있었던 것 같았다. ‘나도 저랬을까?’ 하고 다시 한 번 생각해보게 되었다. 그러나 누가 이 사실들을 이해할 수 있을까. 운전자는 아무리 자신의 사정이 소중하다지만, 타인을 의식하지 않고 자신만을 생각하는 그런 운전의식을 가지고 있으면 안 되는 거였다.

나의 기본이 남을 배려하는 마음이 되어야 한다는 건 나를 위한 일이기도 하다. 특히 도로 위를 달리는 운전자의 마음은 더욱 그러하다.

바쁜 현대인의 지친 일상은 누구나 힘들고 어려운 것은 비슷하기에, 나 혼자만의 이해만으로 도로를 그렇게 점령하는 습관은 만들지 않아야 하는 게 옳다.

그날 도로 위 쌍두마차의 모습을 한참 동안 보고 나서 지금 나의 운전 습관에 대해 다시 한번 생각하게 된다.

"도로 위 1초의 방심은 나와 타인의 생명까지 위험하게 만든다. 그리고 나만을 생각하는 순간 예기치 못한 일이 일어 날 수도 있다. 기본 법규는 무조건 지키며 살자."

차려준 밥상

"와~ 오늘 생선이 많이 있네! 나물도 여러 가지고, 계란까지 구워놨네? 엄마야, 쑥국도 있다!"

배꼽시계가 울려 회사 구내식당에 들어서면서 직원들과 내가 이구동성으로 내뱉는 소리다. 매일 비슷한 반찬이지만 가끔은 틀을 깨는 날도 있다.

식판을 들고 줄을 서며, 하나하나 먹고 싶은 음식을 고른다. 그때 직원들과 늘 하는 말이 있다.

"매일 이렇게 차려준 음식을 먹으면 얼마나 좋을까."

나만 그런 게 아니라 여직원들 모두 같은 마음이다. 직접 만든 음식이 가장 깔끔하고 입맛에 맞지만, 가끔은 남이 차려준 밥상이 여자에게 더 큰 기쁨을 준다. 요리, 설거지, 장보기에 고민하는 날이 많기 때문이다. 때로는 누군가로부터 음식 대접을 받고 싶은 것은 여자라면 누구나 한 번쯤은 가지는 바람일 것이다.

유일하게 내 손으로 직접 요리하지 않고 먹는 점심시간이다. 반찬이 내 입에 맞지 않을 때도 있지만, 직접 만들어 먹는 번거로움이 없는 점에서 큰 위로가 된다.

근사하고 럭셔리하게 음식 대접을 받는 날도 필요하겠지만, 소박한 회사 구내식당의 매일 점심이 좋다. 메뉴 걱정도, 설거지 걱정도 없고, 나오는 대로 취향에 맞게 골라 먹으면 되니까. 여자들이 자주 하는 말 중 하나는 "남이 차려준 밥이 제일 맛있어!"다. 나도 그렇게 말한다.

여자도, 엄마도, 며느리도 때로는 가족들이 차려준 밥상에서 먹는 게 더 좋을 때가 있다. 가끔은 친정엄마가 챙겨 주신 음식을 먹는 상상을 해본다. 이 나이에 친정엄마의 밥상을 받는다는 것이 행복해서가 아니라 엄마의 손맛이 그리워서이다. 지금도 어릴 적에 엄마가 부엌의 무쇠솥에서 갓 지은 밥을 퍼주시던 그 시절의 엄마 밥이 그립고 먹고 싶다.

이제는 그때의 추억으로, 내가 딸에게 추억이 되기를 바라며 열심히 음식을 만든다. 딸에게 음식을 해주면서, 비록 나를 위해 이렇게까지 하지는 않지만, 자식을 위해 정성스럽게 만드는 내 손을 보며 행복함을 느낀다. 내 딸도 엄마가 차려준 밥상이 정말 행복하고 좋다고 말할 것이다.

얼마 전, 친구의 친정엄마가 소천 하셨다. 지난해 멸치 젓국을 두 단지 만들어두셨는데, 병석에 눕게 되어 걸러내지 못하셨다고 한다. 친구를 만나 함께 식사를 하는 중에 친구가 이렇게 말했다. "평생 엄마에게 고추장, 된장, 간장, 젓국을 얻어먹기만 했지, 내가 만들어본 적이 없어. 이제 어떡하지. 엄마가 지난해 담근 젓국이 있는데, 이걸 어떻게 해야 할지 몰라서 엄두가 나질 않아." 그 말에 나는 젓국을 거르는 법과 남은 멸치 뼈 등을 달여서 반찬에 들어가는 젓 간장 만드는 법을 알려주었다. 환갑이 지난 지 한참인데도 김치, 간장, 된장, 기타 반찬까지 엄마표로 평생을 먹고 살아온 친구가 부럽기까지 했다.

나물 하나, 계란 하나라도 내 손이 가지 않고 차려진 회사 구내식당의 소박한 점심 식사는 맛이 있든 없든 언제나 즐겁게 먹는 밥상이기에 더욱 행복하다. 별다른 반찬이 없어도 매일 점심시간이면 식판에 수북이 담아 와서 먹는 소박한 행복을 느끼는 날들은 아직도 살아 있는 축복이고 행복이며 감사이다.

때론 멋들어지게 차려 먹는 밥상보다 소박하지만, 구수한 된장찌개 한 가지뿐이라도 누군가가 차려준 밥상이 좋다. 여자라면 누구나 그렇다.

우리가 일상에서 느끼는 작은 기쁨과 위안은 단순한 행동에서 비롯된다. 직접 요리하지 않아도 되는 점심 한 끼는 일상의 번거로움을 덜어주고, 작은 행복을 선사한다. 이처럼 구내식당에서 차려준 밥상은 단순히 편리함을 넘어서 마음의 위로와 기쁨을 준다. 결국 우리의 일상에서 이러한 작은 행복을 소중히 여기고 감사하는 마음을 가지는 것이 중요하다. 이런 평범하고 소소한 일상은 삶을 더 풍요롭고 의미 있게 만들어 주는 감사한 일탈이 되어 준다.

뒤늦은 자기개발

새벽기상, 감사일기, 독서, 명상, 긍정 확언, 집밥, 좋은 글 필사, 스트레칭. 매일 어김없이 하고 있는 새벽 루틴이자 하루 루틴이다. '늦게 배운 도둑질에 날 새는 줄 모른다.'라는 속담이 생각날 정도로 이것들만큼은 어김없이 하고 있다. 물론 때론 한 번쯤 빠지는 경우가 없지 않다. 그런 날이 생기면 늘 다음 날 두 배의 시간과 마음을 쏟아 부어 집중하며 실천하고 있다.

처음 새벽기상은 5시에서 시작했다. 무작정 성공한 사람들이 모두 새벽에 일어나 시작한다기에 겁도 없이 무조건 지켰다. 내게 맞든 안 맞든 무조건 하다 보니 신체 밸런스가 조금씩 깨지면서 자주 피로하고 병원 갈 일이 생겼다. '뭐지? 왜 이러지?'라는 질문과 함께 나를 들여다보고 멘토에게 물어봤다. 남편도 말했다. 내게 맞는 새벽기상이어야 한다고. 무조건 새벽 5시가 아닌, 내 신체 사이클에 맞는 루틴이어야 했다. 시간을 조절하고 나서야 조금 수월해졌다. 신체 리듬도 무리 없이 되찾았다. 건강을 잃어버리고 나니 몸이 나를 지키려는 신호에 맞춰야 했다.

감사 일기는 1년 넘게 쓰고 있다. 이런 시간이 없다면 지금의 소중함을 깨닫지 못할 거 같아 시작했다. 같이 하는 멤버들이 있기에 더욱 열심히 쓰고 있는 감사일기이다. 누구를 위한 감사일기가 아닌 나를 위한 감사일기이다. "건강한 하루를 선물로 받아 감사합니다. 오늘도 감사한 마음으로 세상을 볼 수 있는 나에게 감사합니다. 하나씩 내려놓을 수 있는 용기가 생기는 나에게 감사합니다. 세상에 내 편이 많음에 감사합니다. 오늘도 내게 주어진 일이 있음에 감사합니다. 오늘 하루도 감사한 일들만 있을 거라는 긍정 마인드를 가진 내게 감사합니다." 등등 감사할 게 넘치고 넘친다. 이런 마음으로 세상을 대하는 내가 조금씩 상대에 대한 감사를 더 하고 있고 배우고 있다.

독서는 인생 2막을 여는 내게 가장 설렘을 준 《인생 문답》이라는 책을 통해 더욱 마음에 와닿았다. 105세의 김형석 교수님은 "사람도 60이 넘어서 독서를 하면 성장하고요, 그렇지 않고 책을 놓은 사람은 암만 대학을 나왔다고 해도 그걸로 메마르고 말아요. 나무도 물을 주지 않으면 자라지 못하고 메마르고 말거든요."라고 하셨다. 정신이 번쩍 드는 순간을 맞이했고, 그때부터 더 열정적으로 책을 손에서 놓지 않으려 했다. 물론 지금도 틈틈이 책을 읽는 습관을 가지려 노력하는 중이다.

명상은 거창하게 가부좌를 틀고 많은 시간을 할애하지는 않는다. 새벽에 일어나 나의 몸을 깨우고 침대를 정리한 후 편한 자세로 잠시 멍을 때리는 시간부터 시작했다. 누군가 명상을 어렵고 거창하게 하지 말고 그냥 처음은 아무 생각 없이 멍을 때리듯이 하라기에 그렇게 시작했다. 그랬던 것이 이제는 습관처럼 하게 되었다.

긍정 확언 또한 마찬가지이다. 함께한 커뮤니티의 강사님을 따라 시작하게 된 모든 것 중에 가장 확실한 마음을 다지는 시간 중 하나이다. 매일 나의 가치와 존재를 확실하게 이미 실현한 듯이 확언을 한다. 확실한 나에 대한 믿음이 이루어진 듯이 말이다. 이렇게 함으로 해서 나의 미래 일들과 현재 일어난 일들이 이미 이루어졌다는 생각의 기운들은 긍정으로 나아가 꼭 그리 되어야 한다는 확신을 채우고 더욱 열심히 하게 되는 것을 느끼고 있다.

필사를 한다. 처음 1년은 세 번, 네 번을 읽어도 머리에 남는 게 조금밖에 되지 않기에 쓰기 시작했고, 어느 순간부터 책을 읽으며 중요한 부분들에 밑줄을 긋고 다시 한 번 노트에 적게 된 것이 습관적으로 하게 되었다. 나이가 들어가니 열심히 읽어도 남는 게 없어 허탈감이 너무 컸지만, 이젠 책 한 권을 읽더라도 중요 구절, 생각들을 옮겨 적은 노트 한 권이면 다시 한 번 읽는 효과는 물론 짧은 시간 속독으로 읽은 느낌이 들기에, 이 부분은 많은 사람들에게 권하고 싶기도 하다.

스트레칭은 나이가 많든 적든 누구나 해야 한다는 생각이다. 짧게라도 몸 구석구석을 조금 펴 주는 느낌으로 쭉쭉 한두 번씩 해주는 이 맛을 늦게나마 알아가고 있다. 흔히 몸이 찌뿌둥하다는 말을 한다. 이럴 때 누군가에게 민폐가 되지 않는다면 수시로 해주라고 한다. 물론 나는 새벽에 일어나 침대에서 밤새 굳어 있는 몸을 깨우기 위해 5~10분간 천천히 하고 있다. 이렇게 아침에 일어나자마자 바로 시작하는 스트레칭으로 하루 종일 무리 없이 근육들을 잘 쓰고 있는 중이다.

매일 잊지 않고 해야 할 일들이 많은 것 같지만, 사실 우리가 하는 모든 일들이 반복적 루틴의 연결이라고 본다. 특별해서가 아니라, 나를 제대로 바라보고 생각하고 챙기기 위해 행하는 지금의 루틴들은 언제나 내가 깨어 있다는 생각을 가지게 한다.

매일 책을 읽고 건강을 챙기면서 긍정의 마음을 가지고 감사하며 사는 시간들은 삶이 다하는 그날까지 가져야 하는 좋은 것이기에, 이런 루틴을 하는 많은 사람들을 가까이하게 된 시간과 공간에 감사하는 날들이다.

하루를 살아도 감사하며 행복하게 사는 것은 나만이 아니라 모두가 바라는 삶의 여정이다. 매일 작은 것 하나부터 조금씩 시작하고 채워 가는 날들을 만들어보자.

열정과 기억사이

"잠깐만~ 캘린더에 스케줄 좀 적게 잠시만..." 이라는 내 말에 어이없다는 딸아이의 표정. 어제 한 말을 오늘 다시 상기시켜 주는 우리 딸."엄마, 며칠 전에도 얘기했고 어제도 얘기했는데 그게 왜 기억이 안돼?"라고 한다. "미안 미안 에구~ 엄마도 이제 늙는가 보다" 라고 짧게 넋두리 아닌 변명을 하고는"정말 책도 읽고 마음도 잘 정리하는데 왜 가까운 사람의 이런 약속이 저장이 안 되었지?"라고 속으로 움찔한다. 예전에 우리 엄마에게 내가 그랬듯이 말이다. 그땐 이해하지 못했다. 왜 얼마전 일을 이리 자주 잊어 버리는지. 나이는 숫자에 불과하다고 하는데 내가 너무 정신을 못 차리고 사는 게 아닐까 하며 다시 돌아보게 하는 일이다. 자라보고 놀란 가슴 솥뚜껑 보고 놀란다더니 내가 그 짝이다. 한 번의 큰 병마에 겨우 빠져나왔나~ 하고 있는데 황반변성 녀석이 속도를 키우고 있다고 생각하니 너무 어이없다. 한 줌의 햇살과 손가락 사이의 퍼지는 바람 하나도 소중하고 귀한 시간인데 기억력은 엿 바꿔 먹었는지 한 번씩 가출을 한다. 보이는 저 눈부신 태양이 아쉬워 동분서주하며 이 병원 저 병원을 다니다보니 정신이 없는 시기이기도 하다.

저녁 식사 후 “아메리카노 안 먹을 거요~~ 이번엔 두 번 얘기합니다~~ 양촌리맥심 주세요~~” 라고 옆 지기가 근래 들어 자주 말을 한다. 내가 아메리카노만 고집하고 먹으니 어느새 내가 탄 커피는 두 잔 다 아메리카노 이다. 아뿔싸 하고 느낀 순간 남편이 다가오더니 “또 이렇게 탔나~ 아이고~~ 다음부터 내 커피는 내가 타 먹을게!” 라고 퉁방망이 소릴 하고 잔을 들고 가는 순간 나의 머리를 한 대 쥐어박아 버렸다. 책 읽는 열정도 사라지지 않았고, 자기 개발하는 동기들과 같이 무엇이든 하고 싶고, 손녀와 여행도 가고 싶고, 하고 싶은 게 너무 많고 기대하는 것도 너무 많은데 황반변성이 뭐꼬! 이게 무슨 씨나라 까먹는 소리냐며 혼자서 있는 힘을 다해 아무렇지 않은 듯 태연한 척을 하고 지내다 보니 제대로 하는 게 하나도 없는 듯한 날들이 되어 버렸다. 나의 열정이 사라지기 전에 하고픈 일들이 너무 많아 다 적을 수

조차 없지만 그것들마저도 미처 다 못 할까 봐 딸아이에게 손녀와의 여행을 앞당기자고 얘기 했다. 예전 암 진단을 받고 수술 날짜를 받아두고 힘들어하던 엄마를 위해 겨울 여행을 강행한 우리 딸에게 감사함이 사실 더 많기 때문이다. 손녀와 딸과 나의 3대 모녀 겨울 여행을 올해 초 계획하고 실행에 옮기는 계획을 열정으로 밀어붙이고 더 나이 들어 기억력이 사라지는 그날까지 잊지 않기 위해 미리 추억들을 쌓아 가자고 생각하는 날들이었다. 딸아이와 여행일정을 맞추고 아예 숙소와 항공권마저 모두 일사천리로 예약해 버렸다. 다시는 열정만 믿고 있다가 귀한 3모녀의 여행 날짜를 기억 속에서 지워지지 않게 못을 박아 버렸다. 내 마음이 내 맘대로 안 되는 때도 있다는 것을 또 실감하고 느껴본 날이었다. 열정만으로 모든 걸 메울 수만 있다면 얼마나 좋을까. 나의 열정과 오락가락하는 기억력과 딸아이의 눈치 속에 확실히 도장을 찍어 버렸다. 항공권, 호텔, 차, 유모차등을 아예 예약하고 나니 마음이 너무 편안해 졌다. 이제 계획은 했고 실행도 일부 했으니 행동하는 그날만 기다리면 되는 시간들이 되어 버렸다. 단순한 가족과의 일상에서 조금씩 빗나간 틈새 엇박자들은 앞으로 살아갈 시간에 대한 일부 두려움으로 다가오기에 약간의 긴장과 메모하는 습관을 장착하는 중이다. 인생은 이런 건가 보다. 햇살의 소중함을 뒤늦게 알게 되고 손가락 사이로 비친 태양의 눈부심을 찬란하다고 느끼는 순간, 나에게서 그것들은 서서히 희미해져 갈 수 있다는 것. 젊은 시절의 열정은 어느새 저 만치 앞서 가는데 육체는 따라가지 못하는 시간! 열정과 기억사이에서 오늘도 열심히 행복을 그리고 색을 입히며 매일 나에게 선물을 하는 지금 이 순간이 내 인생 최고의 젊고 아름다운 날이기에 오늘도 나의 도화지엔 색색의 물감이 채워지고 있다.

하늘같은 시아버지의 사랑

곱디 고운 새댁시절 노랑 저고리에 진분홍 치마, 공단 한복 차려 입고 매일 아침 시부모님 방문 앞에서 기침 소리를 듣고 들어가 올린 차 상! 두 분이 어찌나 사이가 좋으신지 이미 나란히 앉으셔서 보루 위에서 TV를 시청하고 도란 도란 담소 중이셨다. 꽃 분홍치마와 개나리 노란 저고리의 며느리가 이쁘다며 "아가, 한 달만 그렇게 입고 있으면 안 되겠냐 내 집이 훤하고 좋구나" 라고 하셨다. 이리 말씀을 하시니 거역할 수 없는 새댁의 마음. 나름 친정에서 교육받기는 3일은 꼭 입고 문안을 올리라고 하셨기에 가볍게 생각하고 입고 있는데 어쩔 수 없이 한 달을 입어야만 했다. 당신 연세 67세에 얻은 며느리가 정말 이쁘다 하셨다.

그렇게 며느리 사랑 처음으로 고백하시던 순간 어머님은 질투를 하게 되었다. 결혼하고 시댁에 입문하던 그날 친정아버지께서 시아버님께 한 가지 부탁 말씀을 드렸다고 한다. 다름 아닌 연탄가스 알레르기 이야기였다. 예전 연탄가스로 큰일 당할 뻔하고 난 뒤 연탄가스를 조금만 마셔도 쓰러졌기에 미리 당부 말씀을 드렸다고 한다. 평생을 집안일에 손도 까딱 안 하고 사시다가 갑자기 1구 3탄 보일러 연탄 가시는 걸 자청하셨고, 바로 실행에 옮기신 게 어머님의 질투를 부르고 말았다. 무뚝뚝한 경상도 남자인지라 그것도 모르고 그저 묵묵히 하루 2번 연탄을 정확히 시간을 맞추어 당신이 갈아 주시니 보이지 않는 곳에서 새아기는 질투의 화살을 맞아야 했다. 돌아보니 이 또한 아름다운 아버님의 며느리 사랑이고 시어머님의 귀여운 질투이기도 하다. 그런 사실을 아버님은 알지 못했고 나의 어렵고 혹한 시집살이는 그때부터였다.

매일 출가한 자식들이 와서 즐겁게 즐기고 집안 사람들이 끊이지 않으니 그저 좋으신 것만 생각하신 분이다. 어느 날 며느리의 병원 행으로 알게 된 사실에 모든 게 믿을 수 없으셨고 화도 나셨으나 세월이 지나 다 아시고 더 이뻐 해 주시던 친정아버지 같은 분이다. 어머님이 먼저 소천 하시고 갑자기 혼자가 되어버린 상황에 많이 우울해하시던 그때 친정아버지와의 각별했던 정이 아버님께로 갔다. 정말 울 아버지라도 되듯 자연스레 가까워졌고 식구들 모두 어려워하던 분을 나만 독차지하며 행복에 겨워했다. 때론 할 줄도 모르는 화투도 배워 가며 같이 시간을 보냈었고, 홀로 외로우실까 아들을 앞세워 할아버지께 장기를 배우라고 했고, 더운 여름날 시원한 빙수가 먹고 싶다고 졸라서 같이 외출해 먹고 왔던 일이며 나의 지혜를 모두 짜내어 마음으로 다가갔던 시아버지이다. 시누이들은 모두 아버님이 어려워 친정을 와도 아버지 안부만 묻고 나하고 이야기하다 가고, 남편도 어려워하는 분인지라 정말 평생을 홀로 외로우셨던 분이다. 나의 어린 시절 생활이 결혼해 아버님과 이렇게 찰떡궁합이 될 줄은 상상도 못했다. 그렇게 행복하게 살던 어느 날 평생 술을 하루도 거르지 않으셨지만 건강하시던 분이 위쪽으로 아프다고 하셨다. 덜컥 겁이 나 병원을 갔으나 개인 병원은 그저 위장병 처방만 받고 시간이 지나도 낫지 않았다. 급기야 밤에 나를 부르시는 소리에 깜짝 놀라 병원 응급실을 찾았다. 다음날 전문의 말씀은 지금도 믿어지지 않는다. 정말 건강하셨다. 위가 조금 쓰리다고 하신 거 외엔 평생 병원 갈 일이 없으셨다고 했다. 그런데"간암 말기입니다, 길어야 1~2개월입니다."라고 했다. 모두 믿을 수 없다는 표정과 부정적인 생각들이 교차했다. 가족회의 끝에 아버님께는 병명을 알리지 않고 집으로 모셔서 편하게 하시던 대로 생활하시고 우리가 좋은 방법과 약을 찾아 보자고 결론을 내렸다. 그렇게 모셔와 아버님은 평상시대로 생활 하셨다. 대신 술은 못 드시는 걸로 약속받았다. 효심 짙은 신랑과 시누이들 매일 전국의 좋다는 약과 한약방을 찾아 전날 가서 줄을 서서 다음날 약을 타오는 수고까지 아끼지 않았다. 그렇게 정성을 들여서 인지 아버님 6~7개월은 일상생활에 지장 없이 생활하시며 친구 분과 좋다는 곳은 다 다니셨다. 이제 와 돈이 무슨 소용이냐며 하고 싶은 거 다하고 즐겁게 사시라고 했고 그리하셨다. 아무리 좋은 약도 병과 시간 앞에 선 어쩔 수 없었다. 8개월째 접어들자 하루가 다르게 쇠약해지시고 통증도 시작되었다. 그때까지 모두 위장병이 심하다고만 말을 했기에 병원 가서 약을 좀 더 세게 지어오라고까지 만 했다. 점점 심해지는 통증을 잠재울 방법은 진통제 밖에 없었다. 어느 날 아버님이 부르시더니 "내가 위장병 맞나? 아니제? 너희가 지금 숨기는 거 있제? 있으면 말해 다오 그래야 나도 정리를 할 수 있지 않겠냐!" 하셨다. 그때부터였다. 본격적으로 병마와 온 가족이 함께 했던 게. 효성 깊은 신랑 그리고 시누이들의 정성은 이 세상 누구도 우리 가족처럼 끈끈하게 아버님께 하듯이 하지는 못할 거 같았다. 시누이들은 모두 매일 출근하듯 집으로 와서 함게 아버님 상태를 지켜 주고 어려움을 나누어 서로 하나의 마음으로 하다 보니 힘들어도 힘든 줄 몰랐다. 신랑도 회사 갔다 와서 하루 종일 아버님 병간호와 시누이들 식사를 챙긴 나를 위해 밤에 병간호를 자처했다. 그렇게 흘러간 시간 속에 어느새 거동도 못하실 정도가 되니 통증도 최대치로 올랐다. 어떤날은 눈물을 흘리시며 엄마~~를 부르시던 그 모습이 아직도 눈에 선하고 가슴이 저며 온다. 얼마나 아프셨을까. 얼마나 힘들면 저런 소리가 나오실까 라며 눈물은 홍수처럼 쏟아지고 나의 손엔 흰 거즈 손수건에 물을 묻혀 아버님 입술을 적시며 같이 아파할 뿐이었다. 대소변을 기저귀로 대체해서 처리하는 과정도 오로지 나만의 몫이었다. 간호대 출신 시누이가 하려 해도 거부하시고 신랑도 거부하시고, 나에게만 의지하고 모든 걸 맡기신 분. 힘이 들지 않은 건 아니다. 그러나 아버님께 내가 모든 걸 해야 할 거 같았다. 내 아버지처럼 사랑을 주신 분이기에 더욱 그랬다. 그렇게 시간도 흘러 제사는 많은데 안 할 수도 없었다. 기일 날 집안 어른들과 여러 사람들이 모두 인사를 하고 모두 얼마 남지 않음을 직시하고는 빠지지 않고 다들 인사를 하고 가셨다. 그리고 추석 며칠 전 심상치 않은 아버님의 상태에 직감을 한순간 마음의 준비를 해야 했다. 차마 보내고 싶지 않지만 하늘을 거역할 수 없는 게 미약한 인간인지라 어쩔 수 없는 현실에 무릎을 꿇어야만 했다. 추석 전날 임종을 앞두고 이겨내 주시겠지 믿었다. 선몽도 받았다. 추석날 까지는 기다려 주시겠다 던 조상님을 뵈었다고 남편이 말했다. 추석당일 차례를 지내고 아버님은 고통 없는 곳으로 가셨고 나의 가슴과 눈물은 하늘을 향해 안녕을 고해야만 하는 시간이 현실로 다가왔다. 어릴 때부터 사랑을 많이 받고 살아서 인지 시아버지 사랑까지도 시누이들 보다 많이 받았고 행복했다. 그 덕에 아버지 사랑을 더욱 오래 간직하고 느낄 수 있는 행복한 한 사람이 되기도 했다. "사랑은 받는 게 아니다 사랑은 먼저 주는 것이다" 나의 시아버지 사랑은 진심이 통한 부모자식간의 사랑이다. 아버지 같은 마음으로 나를 사랑해 주신 시아버지의 사랑은 나를 더욱 진심으로 다가가게 하였다.

이 말을 하고 싶다. "사랑을 받으려 하지 말고 먼저 주려고 해라! 그러면 사랑은 두 배로 나에게로 돌아온다." 인간은 사랑 없이 살수 없다. 내가 사랑받기 바란다면 먼저 사랑을 주어야 한다.

제5장

나의 마지막은
너와 함께하고 싶어

초록의 도화지에
그림을 그리는 아침

"어머나, 어쩜 이리 초록 초록 예쁘지?"

"이제 여름이 되는 갑다! 장맛비가 내리는 거 보니까!"

베란다에서 푸르른 창밖을 바라보며 남편과 내가 보는 풍경에 대한 나름의 표현들이다. 내가 보는 아침의 풍경은 새들의 지저귐으로 매일 작은 교향곡을 듣는 듯한 황홀함에 빠져들고, 이런 작은 요소들을 온몸으로 느끼며 연신 감탄을 자아내는 반면, 남편은 "인제 장맛비가 오기 시작하니 한동안 밖에 다닐 때 신경 쓰이겠구나!"라는 현실적 표현이 전부이긴 하다. 같은 공간에서 보고 느끼는 감정이 40년 가까이 살아온 부부라도 각기 다르다. 원래 같을 수 없다는 건 알고 있지만, 어쩜 이리도 한결같이 변함이 없을까 싶다. 장맛비가 몸을 무겁게 하는 날이지만, 밤새 샤워를 마친 나뭇잎들의 아침 인사를 받으면서 이렇듯 같은 눈에 비친 다른 마음의 표현이 대칭을 이룬다. 어둠이 살짝 물러간 시간, 창문을 열고 먼 산을 보면 깨끗이 목욕을 마친 녹음 짙은 숲들이 저만치서 인사를 해온다. 도화지에 그려진 수채화와 보이지 않는 나뭇가지 사이에서 울려 퍼지는 새들의 노랫소리를 들으며 오늘이라는 하루는 어김없이 다가왔다가 다른 그림을 그리고 떠나간다. 매일을 어떤 마음으로 받아들이는 게 아름다운 삶일까. 따스한 물 한 잔을 마시면 싱그런 바람은 왜 이리도 맛나고 상큼한지, 또 한 번의 감사를 한다. 세월의 묵은 때가 겹겹이 차고서야 보이는 아침의 소리인가 보다. 먼발치에서 간혹 들리는 까마귀 소리도, 아기 새들과 엄마 새들의 화음을 이루는 지저귐의 소리도 작지만 소중한 행복의 도가니 속에서 누구도 느끼지 못할 나만의 여유로운 시간을 선물해 준다. 이런 소중하고 아름다운 시간을 어찌 일찍 깨달을 수 있고 표현할 수 있을까 생각하며 '남편아! 당신은 그냥 그렇게 표현을 해도 나보다 더 감성적인 면이 때론 더 있는 거 아니까, 내가 이해할게!' 하고 밀어 둔다. 그래도 아름다운 건 아름다운 거니까. 상쾌한 행복이 살아 있는 아침은 또 다른 내일을 위한 에너지를 생성하고 있기에, 초록의 아침은 내일의 성장에 또 다른 영양소가 되는 작은 열매로 이어진다.

행복은 아주 작은 것에서부터 시작된다는 진리를 이제야 깨닫게 되는 것은 아직도 미완성의 인간이란 증명서인 게 분명하다. 미완성인 지금 보고 느끼는 모든 것에 감사하고 행복하게 받아들일 수 있는 시간은 누군가의 조력이나 응원이 없어도 나 혼자 충분히 채울 수 있는 나만의 화폭에 초록의 싱그러움을 아름답게 덧칠하는 소중한 순간이다.

싱그러운 바람 소리와 초록의 나뭇잎을 향해 감탄할 수 있는 평범한 듯 아름다운 도화지는 매일 다른 그림을 채색 중이니, 내가 너이고 네가 나라고 하지 않고 서로 아름답고 다른 숙성의 시간이 묶혀가는 것이라고 인정하는 시간이다.

암 환자만의 느낌 공감

바람에 날리는 뽀얀 꽃잎이
일 년 전의 그 꽃잎이 아닌데
왜
지난해의 그 향이 나지

데스크의 환한 미소의 그녀도
일 년 전 내가 본 그녀가 아닌데
왜
친숙한 듯 상냥하게 대하지

지난해의 그 결과를 바라고 왔어
올해도 따스하고 고마운
결과를 주리라 믿고 있어
좋은 결과가 당연하다 생각하니까

열흘 뒤
너와 나
승리의 포문을 열고 건배를 하자
넌 나니까

–정기검진을 마치고 2024.4.12.

무슨 자신감? 사실 조금은 걱정하고 있으면서 말이다.

매번 돌아오는 정기검진을 마치고 나에게 하는 확언의 말을 적은 글이다. 암 환우들은 정기검진을 마치고 나면 결과가 나오는 그 순간까지 입으로는 괜찮다고 말하지만, 내심 불안감에 잡혀 있기 마련이다. 나라고 예외는 아니듯, 입으로 대범한 척 하지만 마음은 긴장의 끈을 놓지 않고 있다. 암 환우회 밴드나 카페에 매일 올라오는 글들을 통해 얼마나 많은 이들이 삶에 대한 희망을 잡기 위해 마음을 토해내는지 알 수 있다. 곁에 있는 가족이라도 이런 세세한 마음을 다 알지는 못한다. 우리만이 느낄 수 있고 공감할 수 있는 보이지 않는 질경이 같은 끈이 하나로 묶여 있기 때문이다. 이곳에선 "오늘 상태는 이런데 선 경험하신 분들도 그랬나요?", "방사 **번 하고 나니 피부에 수포가 생겼는데 너무 아파요. 어떻게 하면 좋은가요.", "항암 *차 했는데 열이 많이 나고 설사도 많이 해요. 다른 분들도 그런가요?" 등등, 아주 작은 변화에도 서로가 마주하며 대변하고, 토로하며 위로하고 위로받는다. 유방암 카페는 분홍리본을 가슴에 새긴 많은 환우들의 마음을 읽을 수 있는 큰 위로의 공간이다. 이곳에서는 먼저 경험하신 분들의 신체 현상과 증상들이 내 아픈 시간의 고통을 쓰다듬고 안아주며 토닥여 주기도 했다. 많은 환우님들의 작은 통증 하나마저도 마치 모두가 아픈 듯 서로의 마음을 위로해 주고 경험담을 쏟아내는 곳이기도 하기에, 서로 간의 위로와 위안으로 치유한다. 지금도 카페에 들어가 고통 속에 있는 그녀들을 보면 마음이 아프고 힘든 건 나도 같은 아픔을 겪고 있는 사람이라는 동질감이 있어서인지도 모른다.

일반적인 유방암의 경우와 달리 아직 개발된 약이 우리나라에는 없는 삼중음성 유방암을 앓고 있는 나는 또 다른 유방암 환우 카페에 가입되어 있다. '우리두리구슬하나'삼중음성유방암환우단체이다. 이곳 역시 같은 아픔을 겪고 있는 환우들의 마음이 모인 곳이기도 하지만, 조금은 다른 우리들만의 아픔을 가진 여성들만이 있는 곳이다.

삼중음성 유방암이란 에스트로겐 수용체ER, 프로게스트론 수용체PR 및 인간표피 생성 인자 수용체2HER2 과발현 및 유전자 증폭이 결여되어 있거나 낮은 수준을 보이는 유방암이다. 아직은 생소하고 낯설지 모르지만, 이미 우리나라 여성 암인 유방암 환자의 5~10% 이상이 이 악성 암에 걸려 투병하고 있다. 현재 개발된 약은 외국에 있지만, 비급여로 경제적 뒷받침이 되지 않는 많은 환우들이 더욱 고통스럽고 힘든 투병 생활을 하고 있다. 비급여를 급여로 해 달라는 호소는 쉽게 이루어지지 않고 있다. 어렵고 힘든 길을 우리 스스로 발 벗고 나서야만 하는 상황이기에, 환자들과 보호자들이 청원을 넣고 기다리고 있지만 국가적 차원의 의료지원은 쉽게 결론이 나지 않아 아직도 아픔은 계속되고 있다. 다행인지 불행인지 살고자 하는 강한 의지와 함께 의료진을 잘 만나 이렇게 3년간의 치료를 잘 마친 지금 많은 불안을 잠재우고 생활하는 현실에 감사하며 지낸다. 국가 재정 지원이 어려운 비싼 항암 약이 건강보험 급여 품목으로 지정될 수 있도록 작고 미약한 우리들만의 힘으로라도 헤쳐 나가자고 청원을 넣고 있는 현실이지만, 오늘을 이겨 냈기에 내일은 희망이 있기를 바란다. 언젠가 누구나 아플 수도 있고 고통스러운 날이 올지도 모른다. 그렇기에 나만의 아픔이고 고통이 아닌, 우리라는 울타리가 더욱 든든한 성이 되어 위로를 주고 위로를 받는다. 왜 하필 나냐고 하늘을 향해 분노를 토하기도 하고, 어린 자녀를 보고 억울해 하기도 하며, 우린 또 같이 어깨를 맞대어 안아주고 쓰다듬어 주며 서로를 위한 둥지에 따스한 온기를 채워 주고 있다. 비록 많은 활동과 표 나는 일을 못 하고 있지만, 우린 같은 동지애로 고통의 아픔을 나누고 있기에, 맑고 청명한 날이면 서로에게 "오늘도 출첵했어요."라며 생존 신고처럼 의식을 치르기도 한다. 우린 이렇게 하나이고 또 다른 나로 같이 이어가는 공간에서 분홍의 꽃잎처럼 고운 내일을 생각하며 오늘도 웃고 안부를 전하면서 마음을 기대고 살아가고 있다. 내일은 또 오늘보다 더 건강하고 아름다운 날이길 기도하며 말이다.

힘들고 외로워도 혼자가 아닌, 동질감의 우리가 있음에 감사할 수 있고 위로를 받을 수 있는 공감과 느낌을 누가 알 수 있을까.

황반 변성도 친구

"장액성 망막색소상피박리입니다. 흔히들 말하는 황반 변성요."

"태어나 이런 긴 병명도 처음이고 어쩌다 이런 것까지 나를 찾아온단 말이야?"

뒤통수를 한 대 갈겨 맞는 느낌을 받은 그날이 아직도 잊히지 않는데, 이젠"장액성 망막색소상피박리, 상세 불명의 황반 변성[진행 의심], 2023년 3월 진료 당시 우안 황반부에 ser ous small PED만 보였던 분입니다. 금일 결과 관찰 시에 PED 크기 변화가 많으며, PED 내에 huperreflective lesion 병소 보여 추가 검사 및 치료 위해 의뢰드리오니 고진 선처 부탁드리겠습니다."라며 큰 병원으로의 진료의뢰서를 주신다.

'병원에 일찍 다녔으면 이런 일도 생기지 않았을 텐데, 앞으로 어쩌란 말인가. 하고 싶은 일도, 할 일도 너무 많은데.'라며 혼자 후회를 해보기도 했다. '에효~~ 그렇다고 이대로 쓰러질 내가 아니다. 하나씩 해결해 나가자. 천천히 꾸준히!'라고 하며 작은 나의 어깨를 토닥여 주었던 지난날 들이다. 이제 급하지만 조금 천천히 해도 되는 건 뒤로 잠시 미뤄 둘 여유를 가지고 살아야 한다는 뜻이기도 하다. 나의 친구에게 이 말을 전하니, 그래도 다행이라고 한다. 지금이라도 알게 되어 대처할 수 있으니 감사하다고 말이다. 친구의 말을 듣고 생각해 본다.

"그래. 더 늦게 발견한 것보다 얼마나 다행인가. 그리고 우리 가족 중에 한 사람이 아니고 나라서 말이다."라며 또 감사하는 마음으로 황반 변성은 또 다른 나의 친구가 되어버렸다.

운명은 또 다른 도전장을 내게 던졌다. 어느 날 시력이 점점 흐려지고, 눈앞에 검은 점들이 나타나기 시작해서 찾아간 결과로 황반 변성이라는 녀석과 같이 살게 되었지만, 두 번째로 마주한 큰 시련 앞에서 잠시 두려움이 밀려왔다. '또다시 이런 고통을 겪어야 하나.'라는 생각에 눈물이 앞을 가렸지만, 나는 포기하지 않기로 결심했다. '까짓것 이게 뭐시라꼬! 이건 껌이지!'라고 크게 호흡을 내쉬며 당당해지기로 했다. 내가 나를 지키는 또 하나의 무기는 긍정 확언이기에 이겨낼 수 있다는 당당함을 고조시킨다.

큰 파도 하나를 넘어 이제 숨을 고르는 상황이지만, 또 다른 파도가 덮쳐버린 이 상황도 헤쳐 나가야 하는 게 당연한 내 길이다. 인생이라는 큰 바다에는 언제나 파도가 너울거리지만, 이렇게 금방 다가올 거라는 생각은 미처 하지 못했다.

처음 안과에 다닐 당시엔 노안이라 그러려니 했다. 항암의 후유증이라는 생각조차 하지 않았다. 누구도 그런 말은 하지 않았지만, 투병 전의 눈은 그야말로 젊은 사람처럼 쌩쌩했기 때문에 도저히 실감이 나지 않았고, 항암 전과 후를 비교하니 나름 신체 전체의 변화가 몰려온 탓이라 정의를 내리고 있다. 이제 이 녀석과 친구로 지낼 건지, 아니면 원수처럼 죽으라고 밀쳐 낼 건지를 선택해야 했다.

정답은 이미 나와 있는데 말이다. 황반 변성은 완치가 어렵다고 들었고, 진행을 늦추는 것이 가장 치료를 잘하는 거라고들 한다. 내가 선택하기 전 이미 녀석은 나의 친구가 되기로 되어 있었다. 1차 병원 의뢰서를 받던 그날부터 세상을 바라보는 눈이 달라졌다. 파란 하늘, 하얀 뭉게구름, 때론 잿빛 구름도 모두 아름답고 예쁘게 보이기 시작했다. 싱그러웠던 산등성이 계절의 변화 하나에도 세상에 처음 보는 풍경인 양 아름답기 그지없었고, 발밑의 작은 개미 한 마리도 때로는 더 자세히 보려 쪼그려

앉아서 보게 되었다.

삶의 여정 속에서 우리가 마주하는 어려움은 때때로 우리를 좌절하게 만든다. 나에게도 그런 순간들이 있었다. 암이라는 커다란 시련을 마주하기 이전부터 이미 세상이 무너지는 듯한 절망감을 느꼈지만, 그 절망감 속에서 다시 일어서려는 강한 의지를 발견했고, 이제는 건강한 몸으로 직장 생활을 하며 하루하루를 감사하게 보내고 있다. 암 투병과 황반 변성이라는 두 가지 큰 시련을 겪으면서 깨달은 인생의 아름다움을 매일 느끼며 살아가고 있는 중이다.

내일 당장 눈이 안 보이는 것이 아니기에, 황반 변성이란 녀석을 달래는 치료에 매진하고 있다. 매일 눈 운동을 하고 약물치료를 받으며, 무엇보다 긍정적인 마음을 유지하려고 노력하고 있다. 처음에는 희미하게 보이는 세상이 두렵게 다가오는 느낌이 많았다. 시간이 지나면서 그 흐릿한 세상 속에서도 아름다움을 찾을 수 있어야 한다는 생각을 하게 되니, 오늘이 새로운 화폭의 그림이 된다. 매일 아침 창문을 열고 떠오르는 햇살을 바라보며 하루를 시작하는 순간, 그 어느 때보다도 강한 감사의 마음을 느낀다. 아직은 감사하게도 세상이 잘 보인다. 꽃이 피어나는 모습, 새들이 지저귀는 소리, 그리고 가족과 함께하는 소소한 일상까지 모든 것이 감사하고 아름답다.

지금은 건강한 몸으로 직장 생활을 하며, 과거의 나를 돌아보고 있기도 하다. 암과 황반 변성이라는 두 가지 큰 시련을 겪으면서 나는 삶의 소중함을 다시금 깨달았다. **물론 항암 후유증으로 아직은 관절통이 많이 남아 있기도 함.**

과거의 고통과 시련이 있었기에 지금의 평범한 일상이 더욱 빛나 보인다. 살아온 모든 시간들도 지나고 보니 아름다운 추억이고 경험이 되듯이, 그동안의 희로애락들이 모여 힘이 되어 주었기에 세상은 살아갈 만한 충분한 가치가 있다는 마음이다.

과거의 어려움이 나를 더 강하게 만들었고, 그 어느 때보다도 긍정적이고 행복하다. 한 번뿐인 인생이고 두 번 오지 않을 오늘이기에, 늘 순간이 아름답게 보이는 것은 건강을 잃어버리고 아픔을 겪어 본 이제야 알게 되었지만, 뒤늦게라도 알게 된 오늘의 감사가 더없이 행복한 삶을 채워준다. 세상이 이러거나 저러거나, 누군가 아프거나 말거나 봄 밖에 핀 목련은 오늘 더 이쁘게 나를 향해 함박 미소를 보냄을 감사와 축복으로 받아들이고 있다.

이 글을 읽는 독자분들의 삶의 모든 순간들이 결국 아름다움으로 기억되기를 바란다. 두려움과 고통 속에서도 희망을 잃지 말고, 매일의 작은 기쁨을 소중히 여기며 살아가길 바란다. 우리의 삶은 그렇게 아름답게 흘러가고 있기 때문이다.

윈윈의 법칙을 이해하는 나이

“내일 아침엔 눈이 안 떠지면 좋겠다.”라는 말을 되뇌며 잠들었던 시간들. 육체적 고통은 정신적 고통을 따를 수 없다는 말에 대한 나의 반대급부의 외침이었다. 투병 중 체력이 바닥나고 고열과 항생제 부작용을 겪으며 버텼던 시간, 매일 밤 기도하며 밤을 새우던 시간 속의 외침 같은 기도이다. 사람은 누구나 힘든 고비가 있기 마련이고, 생명의 위협을 언제든 받을 수 있는 미약한 존재임이 분명한데, ‘내가 뭐라고 그런 것에서 나만 혜택을 받아야 하나. 나는 그렇게 되면 안 돼!’라고 혼자 잘난 척을 했는지 돌아보니 참 부끄러운 날들이었다.

부정적인 삶을 선택하면 인생은 늘 부정의 씨앗인 불행과 어려움이 나를 이끌어 가게 되고, 긍정적인 생각으로 희망을 가지고 살아간다면 늘 온전한 행복이 나를 기다리고 있을 것이라 믿고 있는 오늘이 감사하다. 긍정으로 사는 삶은 언제나 행복하고, 부정의 반대는 희망이라 말한다. 사람들은 실천하지도 않았는데 미리 판단해 버리는 경우가 많다. '세상에는 해내기 어려운 일들도 너무나 많건만, 왜 부정적인 생각과 마음으로 시작해 아무런 행동도 하지 않고 불행하다 하는 걸까?'라고 생각하니 긍정의 녀석이 더욱 힘이 강해짐을 느낀다. 원래 천성이 긍정의 마인드를 지녔다고 굳게 믿었는지 나는 잘하고 있고, 열심히 살고, 누구보다 행복하게 잘살고 있다고 자부하며 살았다. 하지만 그런 마음도 순식간에 무너져 버린 건 내 눈에 보이지 않는 몸속 저 끝에 있는 화를 다스리지 못해 생긴 스트레스라는 녀석의 성장이었다. 녀석의 성장은 1년밖에 안 된 듯한데 너무나 치명적으로 무너뜨려 버렸다. 녀석의 출현을 알게 된 날부터 그냥 죽어 없어지고 싶었다. 아무런 미련을 두고 싶지 않아 모든 걸 놓아 버렸던 그 시간이 후회된다. 부정의 터널에 갇혀 버린 시간 속에서 얼마나 힘들고 고통스러웠는지, 이제 바라보니 너무나 어리석고 가엾었음이 선명히 보인다. '좀 더 빨리 긍정의 생각으로 희망을 꿈꾸어 볼걸!' 하며 때늦은 후회도 한다.

얼마 전 예전 거래처 대표님과 만나서 식사를 하던 중 대표님이 “이 대표는 원래 긍정적으로 태어났던 거 아닌교?”라고 던진 말을 생각해 본다. “그래. 어차피 일어난 일, 일어날 일이면 미리 부정적인 생각일랑 아예 키우지 말자.”라고.

“부정의 반대는 긍정이 아니라 희망이다. 부정적으로 살 것인지, 희망을 품을 것인지는 온전히 당신의 몫이다.”라는 글귀가 눈에 띄던 날 또 한 번 그때의 모래성같이 무너져 버린 나약함이 생생하게 떠올랐고, 부정의 터널 속에서 빠져나오는 순간부터 지금까지 부정이란 단어를 쓰지 않고 있다. 옆 지기에게도 부탁했다. 긍정적인 단어를 되도록 골라서 쓰자고.

1년 여 시간 동안 긍정이라는 땅에 희망이라는 씨앗을 뿌렸고, 감사로 물을 주며 긍정의 싹이 조금 더 자란 오늘을 맞이하고 있다. 작지만 큰 행복의 바구니를 품고 사는 오늘은 예전 의 긍정적인 나로 돌아갈 수 있는 가장 큰 에너지가 되고 있다. 매일이 행복하다. 건강하다. “감사하다.”는 말을 하고 살게 되니 아무것도 아닌 일일 수 있지만, 끌어당김의 법칙이 나를 챙겨준다. 머리에서 입으로 그리고 가슴으로 채우니 주변의 모든 것이 행복이고 감사이다. 옆 지기의 건강, 자식들의 예쁜 둥지들이 행복이고 감사이다.

부정이 지배하는 삶보다 긍정이 지배하는 삶이 나는 더 편하고 익숙하다. 힘든 부정의 올가미가 더 이상 나대지 못하게 밟아

줄 수 있는 긍정이 더 강하게 자라야 한다. 한때 삶에 희망을 불어넣지 않고 주어진 그대로를 부정으로 생각하고 힘들어했던 그날들은 미련하고 어리석은 모습이지만, 긴 터널의 끝에 있는 희망을 향해 달려온 순간이 있었기에, 인생은 윈윈처럼 돌고 돌아가는 마력을 가지고 있기도 하다. 아직도 감사하게 달려오는 긍정이란 녀석을 사랑으로 안아주며 사는 인생은 행복한 가을의 오곡백과이다.

나의 옷장

옷장 문을 열면 많지 않은 옷이지만 적게는 10년, 많게는 30년이 넘은 옷이 대부분이다. 원래부터 패션에는 관심이 없기도 하지만 하나를 사면 살뜰히 아끼며 입는 나의 성격 때문이다. 올해 자기개발을 하며 비우는 생활을 하다가 많은 걸 느꼈다. 옷장의 옷 중에 버릴 게 몇 가지 없다는 것이다. 물론 암 선고를 받고 수술을 하기 전에 많은 옷을 모조리 버린 결과일지도 모르지만, 남아 있는 옷들은 모두 애착이 가는 옷들이다. 나는 좋아하는 것이 생기면 그것을 애지중지하며 사랑한다. 친구가 한번 이런 말을 하기도 했다. "성아야, 네가 지금 입고 있는 옷은 내가 본 게 아마도 10년은 족히 넘은 것 같은데, 싫증 나지 않아?"라고.

하지만 내가 애착을 가지고 있는 옷이기에 나는 당연히 웃음 지으며 "아니, 너무 편하고 좋아!"라고 하면서 친구의 패션을 칭찬해 주었다. 옷장에 걸려 있는 옷이 전부 몇 십 년 된 건 아니지만, 그중에 정장과 언더웨어는 오래된 것들이 대부분이다 보니, 이런 말을 듣는 게 별로 이상한 일은 아니다.

친구들이 유행하는 옷을 입어도 부럽지 않았고, 쇼핑을 다녀온 이야기를 해도 그렇게 쇼핑을 가고 싶다는 생각부터가 내겐 정신적인 피로가 몰려오는 일이기도 하다.

어차피 유행하고는 거리가 먼 사람이라고 생각하고 살다 보니, 나의 철칙 아닌 철칙이 생겨 버렸고, 쇼핑하러 백화점이나 대리점에 가면 그곳 직원의 본의 아닌 호의와 과도한 칭찬이 몹시 부담스러워 피곤을 빨리 느끼는 사람 중의 한 사람이 되어 버렸다.

요즘 세대들의 유행을 따라갈 수 없는 나의 옷들은 그저 깔끔하게 정리된 옷! 그리고 편한 옷! 이렇게 나누어진다. 한때 아나바다아껴 쓰고, 나눠 쓰고, 바꿔 쓰고, 다시 쓰고 운동이 유행했을 때 친구의 옷장을 정리하며 여러 벌의 옷을 얻어와 아직도 입고 있다. 친구에겐 버리기 아까운 옷들이었고, 나는 그 옷들을 가져와 잘 입고 있으니, 친구는 그 옷에 대해 흐뭇해하기도 한다. 지금 세대들에겐 이런 내가 어떻게 생각될지 모르겠다. 어느 날 딸아이가 내 옷장을 열어 보고는 "엄마, 이 바바리 내가 입으면 안 돼?" 하고 물어봤다. "크기가 맞을까? 그리고 그거 유행이 지난 옷일 텐데, 네가 입어도 괜찮을까?"라고 하니 복고풍의 약간의 큼직한 그 옷이 지금 유행이라면서 입어보더니 거울을 이리저리 보며 옷을 탐내기도 했다.

비싸고 좋은 옷만 입는 사람이 아니라서 조금은 부끄럽다고 생각할 수도 있지만, 딸아이는 그런 엄마의 옷이 사랑스럽다고 말하기도 한다. 그런 나를 닮은 걸까, 딸아이도 우리 아들도 옷에 대해서는 큰 욕심보다는 하나를 고르더라도 유행에 너무 치우치는 옷을 사지는 않는 것 같아 대견하기도 하다. 내가 살아온 모습에서 아이들이 보고 배운 것이 이런 건지도 모르겠다. 내가 생각하는 나의 옷이란 깔끔하고 잘 정리된 듯 나에게 어울리는 옷을 입는 것이다. 그래서 늘 입던 옷들이지만, 한결같이 이너웨어 하나, 액세서리 하나, 머플러 한 장으로 스타일을 조금씩 변화를 줄 뿐인데, 그게 다른 모습으로 보이게 하는지도 모른다.

나만 아는 나만의 옷 입는 법칙이지만, 그런 나의 패션 스타일이 때론 친구들에게 "세상에 옷 장사 다 굶어 죽겠다야~"라는 농담도 들을 때면 패션숍을 하는 친구에게 조금 미안한 마음도 든다. 요즘 젊은이들의 옷차림을 보면 정말 예쁘기 그지 없다. 그리고 유행도 너무 빠르게 변하기에, 계절마다 그 옷들을 사 입는 사무실 직원을 보면 한편으론 "참 좋을 때다~~" 하면서 다른 한편으론 "에고~~ 저거 또 올 한 해만 입고 내년에 안 입으면 돈이 얼마야. 아까워라~~" 하며 속으로 아쉬움을 가져 보기도 한다. 그렇지만 그게 다는 아니다. 나이에 맞는 행복이란 게 있지 싶다. 내가 젊었을 때는 시집살이하느라 어른들을 많이 뵙다 보니 자연스레 점잖은 옷, 깔끔한 옷을 입을 수밖에 없었지만, 지금은 그런 시대가 아니기에 자유롭게 청춘에 맞는 옷을 입고 행복을 만끽하는 그 젊음 자체가 아름답고 부러울 때가 있다.

누구나 처한 상황에 맞게 옷을 입어야 가치를 인정받는 옷이 될 수도 있고, 그렇지 않을 수도 있다. 나이에 따라 하고 싶고 할 수 있는 게 따로 있듯이, 젊은 세대들의 아름다운 욕구는 마냥 귀엽고 사랑스럽다. 지금 할 수 있는 것을 무엇이든 다 해 볼 수 있기를 바란다.

단지 옷이라는 패션에 한해서가 아니라 나를 성숙하게 하는 새로운 무엇인가를 찾아 도전해 보길 바란다. 그것을 실패하더라도 말이다. 유행이 지난 옷은 다시 리폼해 입을 수도 있고, 나눔으로 기부할 수도 있듯이, 자신의 현재 모습을 조금 더 아름답고 빛나게 하는 옷을 고르는 것처럼 좀 더 나를 사랑할 수 있고 사랑받게 할 수 있는 옷을 찾아보는 센스를 가졌으면 한다. 나의 옷장에 있는 사랑스러운 옷들은 내게 늘 이런 말을 한다. "오늘은 어떤 자리에 가시나요? 누구를 만나시나요? 그곳엔 제가 잘 어울릴 거 같아요!"라고.

'그래. 오늘처럼 따스한 날 우리 사무실에 이런 옷을 입고 가면 더 좋을 거 같아!'라며 나는 베이지색 차이나 컬러의 모직 정장 세트를 챙기고, 연말이니 구세군의 활동을 알리는 빨갛고 조그만 사랑의 열매 액세서리를 나의 가슴에 살짝 올려 꽂아준다.

서재

“매일 식탁에서 책 읽고 쓰는 건 좋은데 강의 듣는 건 신경 쓰이네.” “그래. 이참에 당신 책상 하나 따로 장만하고 방을 하나 비우자!”라는 말이 무섭게 실행력을 갖춘 나만의 서재가 만들어졌다. 평생 혼자만의 공간은 없었어도 나름 불편함 없이 살았는데, 새삼스레 나만의 공간이 만들어 지니 감사하기도 했다. 매일의 독서는 얼마든지 괜찮지만, 인터넷 강의를 들으면서 혼자만의 공간이 필요하다는 생각을 하던 중이었다. 비어 있는 방을 제대로 활용하기로 하고, 책상을 보러 다니는 기분은 하늘을 나는 듯 가볍고 행복했다. 학창 시절 때나 직장 외에는 나만의 공간을 생각조차 하지 않고 무심히 지내던 날들에 달콤한 초콜릿 하나를 선물 받은 듯 신났다. 아무도 방해하지 않을 것이고, 나만의 책들과 노트, 그리고 컴퓨터를 놓고 이리저리 끄적 노트도 쓰는 공간이라니, 이게 웬 횡재인지 모르게 들뜬 마음으로 가구점에 들렀다. 성격상 이리저리 재고 따지는 타입이 아니다 보니, 당일 두어 곳만 둘러보고 바로 구매를 확정했다. 지금 생각해 보니 조금 더 알아보고 더 삼빡한 책상으로 할 걸 하는 마음도 살짝 있었지만, 이런저런 비교를 할 만큼의 여유도 없이 무조건 "이것으로 바로 배송해 주세요." 하며 결재를 마치고 말았다. 작은 내 서재가 탄생이 되는 시점이다. 작은방 하나를 내 것으로 꾸미는데 이리 설레고 행복하다니, '작은 것에 감사함을 모르고 살았구나!' 했다. 학창 시절 책상에서 공부하려고 할 땐 그리도 오래 앉아 있지 않았건만, 요즘 이 책상에 앉아 서너 시간 보내는 것은 누워서 떡 먹기이다. 자식들을 위한 가구를 살 때는 친구들, 학부형들 집을 다 탐방하고 비교해서 좋은 것만 찾았던 시절에 비하면, 지금 앉은 이 책상은 그야말로 소박하고 단정한 녀석이다. 컴퓨터는 남편의 방에 있었고, 책상도 남편의 방에 있었다. 새 인생의 2막을 위해 나에게 선물하듯, 딸이 쓰던 오래된 노트북과도 과감히 작별하고 작고 앙증스런 녀석으로 장만했다. 새 책상에, 새 노트북에, 새 책상까지 모두 갖춘 뒤의 나만의 공간은 작지만 행복하고 감사한 공간이다. 일을 하기 위해 앉았던 책상과는 사뭇 다른 이 느낌을 평소 끄적이던 노트에 옮겨 놓고 보니, 수학여행 떠나기 전의 마음처럼 들떠 있고 풋풋함이 남아 있었다. "그래. 이런 마음 얼마 만이야." 하고 싱긋이 미소를 지으며 떠오른 얼굴들이 보였다. 이제는 희미해져 가는 아버지의 얼굴이다. 책상 한 모퉁이에 커피를 두고 한 손에 담배를 쥔 채 책을 읽으시던 모습. 때론 만년필로 멋들어진 필체의 영어며 한문을 필사하시던 모습. 어느 한때는 누군가의 애달픈 사연을 듣고는 비통해하시며 법적 대응 문서를 만지던 모습 등이 펼쳐진다. 그 시절, 그 모습과 향수를 떠올릴 수 있는 나만의 공간이 생기니 마음은 절로 부자가 된다. 한 번도 생각하지 못한 일들이다. 아이들은 "엄마는 좋겠네." 한다. 이제 결혼해 정신없이 바쁜 일상의 소용돌이를 겪고 있는 아이들의 입에서 나온 소리에 "그래. 너희들도 이런 기분을 느껴 보기 바란다. 나만의 공간이 새삼 감사하고 행복한 것을 알아갈 즈음에 느끼는 마음의 여유라는 거니까 말이다."라며 입 꼬리가 올라갔다.

근사하고 멋진 서재는 아니지만 이 나이에 책을 읽고, 컴퓨터를 통하여 나와 다른 세대들과 소통하는 작은 이 공간이 세상에서 가장 편안하고 멋진 방이 되어 가고 있다. 전문가도 아니고 잘나가는 사람도 아니지만, 혼자만 있을 수 있고, 맘껏 나뒹굴 수도 있고, 온 방에 덕지덕지 포스트잇을 붙여도 되는 소중하고 편한 공간이다. 책꽂이에 한 권씩 책이 쌓여 갈 때 마다 은행 계좌에 저축하는 듯한 마음을 가지고 살아가고 있다. 나는 은행에 저축하는 것 보다 책꽂이에 저축하는 이 재미가 더 쫄깃하게 행복하다. 새삼스레 부자가 되는 길에 올라탔다고 할지라도, 책 부자는 그 어느 부자보다 아름답다는 마음으로 벌써 고속 열차를 타고 달리니, 청춘도 이런 청춘이 있을까 싶다. 남편은 오늘도 한마디 한다. "중학생 소녀 감성만 가득 찬 육춘기 할망구!"라고 말이다. 살아오면서 나만의 공간을 가진다는 게 이렇게 큰 보람이고 재산이 되는 순간도 있다. 남이 알아주는 것도 아니지만, 나를 위해 보상하는 이 공간은 건강한 몸과 정신을 채워주는 최고의 병원과 약이고, 내가 내게 주는 순수한 상장과 포상금이다.

사랑은 주는 만큼 돌아온다

"아~ 나이가 들면 이렇게 죽어야 해요? 아버지는 죽지 마요." 라며 코 흘리기 어린 시절 내가 했던 말이다. 장터처럼 시끌벅적하던 우리 집은 조부모님, 큰할아버지소경, 부모님, 고모, 고모부, 숙모, 숙부 그리고 우리 5남매와 사촌 5남매가 한 울타리 안에서 살았다. 매일이 장날인 듯 복작였고 시끌시끌했다. 할아버지는 당시 광산에서 일을 하다 다치셔서 한쪽 다리를 접을 수 없는 장애를 가지게 되셨고, 큰할아버지는 1.4 후퇴 때 증조부의 말씀대로 모시고 내려왔다고 한다. 그야말로 대가족 중 대가족이었다. 그런 가운데 들락거리는 이웃은 또 어찌나 많았는지 모른다. 가난하고 배고프던 시절, 한 끼 정도는 그냥 대수롭지 않게 굶은 날들의 연속이었지만, 늘 조용히 배시시 웃고 한쪽 구석에 쪼그리고 앉아 있던 아이가 바로 나였다. 키가 크고 활발한 왈가닥 여동생의 덩치와 힘에 눌려 기 한 번 제대로 펴지 못한 작고 보잘것없는 아이였지만 사랑은 많이 받았다. 어른들이 시키는 일은 말없이 다 하는 아이였기 때문이다. 어느 순간 고모네와 삼촌네가 분가하고 우리 가족들만 남아 서로에게 좀 더 다가갈 수 있는 시기가 오자 할아버지께서 소천 하셨고, 할머니는 뇌졸중을, 그리고 큰할아버지의 소천까지 어린 여자아이가 목격한 그때의 충격적인 죽음이라는 것은 말로 다 표현할 수 없었다. 당시는 집에서 장례를 치렀던 터라, 모든 절차를 아주 가까이에서 체험했다. 두 분의 죽음을 본 어린 소녀의 머리는 까만 어둠이었다. 언젠가 사랑하는 아버지도 저렇게 될까 봐 무척이나 슬프고 무서웠다. 그런 어두운 어느 한때를 보내고 나서 울 아버지 꿋꿋이 소신을 지키고 사셨고, 울 엄마 역시 여장부가 되어 가솔들을 위해 밖으로 나가 가장의 역할을 다하던 모습을 바라보며 건강해야 한다는 강박관념이 생겼던 소녀 시절도 있었다. 중학교 시절 기침을 3개월 이상 했지만, 기침이 나오면 부모님이 걱정하실까 봐 입을 틀어막고 했고, 월말고사를 치르던 어느 날 학교에서 각혈을 했다. 선생님과 급우들이 얼마나 놀랐을까 생각하니 지금도 아찔하다. 폐결핵이었다. 그때부터 부모님은 신경을 많이 써 주셨다. 자식이 피를 쏟는데, 부모의 마음은 그보다 더 짙은 피눈물을 쏟았을 게 뻔하니 말이다. 어릴 때부터 말 잘 듣는 아이였지만, 이때처럼 부모님께 미안하고 죄스러운 적은 없었다. 이런 내가 할 수 있는 건 무조건 시키는 것은 다하고, 하지 말라는 건 하지 않고 건강해지는 것뿐이었다. 그래서 매일 듣는 말이 있었다. "사랑은 자기가 주는 거야!"라는 말이다. 옆집에 세 살던 사람이 한 말이다. "뭐든 입 댈 일 없이 하니 어찌 안 예쁘겠니. 그러니 네가 더 예쁘지!" 가만히 생각해 보면 정답인 거 같다. 내가 먼저 사랑을 달라고 욕심을 부렸다면 오만이지만, 죄스러운 마음에서 우러나 한 일들이기에 사랑스럽게 보였을 것이라 생각한다. 폐결핵이 오기 전에도 늘 소심한 소녀였기에, 동생 뒤에서 숨어 있었는지 모른다. 어린 시절 목격했던 죽음의 실체를 보고 두려워서 아버지를 끌어안고 울던 모습, 대 가족 속에 소리 없이 자라던 모습들은 남들의 시선에서 시작되었지만, 사랑은 마음에서 우러나 진정으로 주는 것에서부터 시작된다. 때론 혼자서 끙끙 앓고 시킨 일을 다 하며 힘들었지만, 그것 또한 내가 하지 않으면 큰일이라도 날 것 같은 마음에서 했기 때문에 사랑을 받았는지 모른다. 그때는 힘들더라도 사랑을 받기 위해서는 사랑을 진심으로 주어야 한다는 간단한 진리를 조금 알아가는 소녀 시절이었다. 누구나 사랑받기를 원한다. 나도 그렇고, 이 글을 읽는 당신도 그렇다. 하지만 내가 먼저 주지 않는다면 사랑은 돌아오지 않는다. 소중한 것은 아껴야 하는 게 진리이기도 하지만, 사랑만큼은 아끼지 말고 주자. 무조건 말이다. 내 부모가 주었던 사랑의 일부라도 누군가에게 주자. 그러면 굴렁쇠처럼 굴러 내게 다시 돌아올 더 아름다운 사랑이 있다.

친구의 일기장

어린 시절 우리 때는 국민학교였다. 졸업을 하고 중학교 진학을 대부분 했지만 한 반에 한두 명 정도는 진학을 하지 못한 친구들이 있었다. 나의 친구도 그중의 한 사람이었다.

중학교를 진학해 여학교 교복을 입고 다닐 때 내 친구는 공장에 들어가 돈을 벌어야 했다.

그 친구가 나를 서서히 피하기 시작했고 나는 줄기차게 친구의 집에 저녁이면 찾아갔던 기억이 있다. 그렇게 집안의 장녀 노릇을 하던 친구는 늘 야근을 하느라 나와 마주할 시간이 줄어들었다. 고등학교를 들어갈 때 나에게 작은 꽃 한 송이를 건네던 얼굴이 하얀 나의 친구 ○○이. 그렇게 고등학교를 진학해 다닐 때 내 친구는 야간 중학교를 다니며 그야말로 주경야독으로 악착을 떨었다. 힘들어도 행복해 하던 친구의 얼굴이 그립다. 내가 고등학교를 졸업할 때 겨우 중학교 2년을 마친 내 친구. 그것도 반에서 아니 학년 전체의 1등을 한 당찬 내 친구 ○○이.

그렇게 친구는 대학도 방송 통신대를 졸업하였고 공기업에 입사를 하였다. 제대로 코스대로 공부한 나보다 훨~신 더 멋진 통과 코스를 마친 뒤 좋은 직장에서 잘 지내고 있다가 갑자기 공부를 더 하겠다며, 그리고 여기서 탈출하고 싶다며 친구는 먼 미국으로 떠났다. 세월이 흘러 결혼해 나와 한동안 연락이 닿지 않았지만 친구는 용케도 나를 찾아내어 연락이 왔다.

너무 기뻐서 우리 당장 만나자며 울먹이며 약속 날짜를 잡고 초조하게 기다리던 그날! 휑한 친구의 하얀 얼굴이 백지장이었다 왜, 어쩌자고 이런 모습으로??? 잠시 나의 머리는 온갖 생각들이 스쳐갔다. 그것도 잠시 친구와 얼싸안고 부둥켜안고 눈물콧물 다 뺏던 그날이 친구를 본 마지막 모습이었다. 머나먼 미국에서도 고칠 수 없던 백혈병이 친구를 초토화해 버렸던 거였다. 잘 살고 있을 줄 알았다. 정말 잘 살고 있을 줄 믿고 살았다. 보름 후 친구의 부고를 받고 달려간 그곳에 국민학교 때 우리 둘이 자주 부르던 노래가 생각났다. **둥근 저달을 바라보면서 나는 생각에 잠긴답니다. 파란 호수에 나란히 앉아 옛날 그사람 생각이 나요…** 그리고 영전 앞의 일기장 몇 권! 그 곳엔 이렇게 적여 있었다. “가난이 싫어서 죽어라 공부를 하였고, 미친 듯이 돈을 찾아 따라다녔다. 그렇게 아등바등 살았지만 현실은 잔인한 칼날 같았다” 고 적혀 있었다. 지금 읽고 있는 책**돈의 속성**에 “가난은 낭만이나 겸손함이라는 단어로 덮어 놓기엔 너무나도 무서운 일이다. 가난하게 태어난 건 죄가 아니지만 가난하게 죽는 것은 잘못이다. 〈빌 게이츠〉” 라는 대목이 있었다.

이 글을 읽는 대목에서 나의 심장이 멈추듯이 저려 왔다. 친구의 일기 마지막 장에 이런 글이 적혀 있었다. “성아야 난 다음에 태어나면 부잣집에 태어나고 싶어. 그래서 이곳에서 못 누린 것 하나하나 다 기억했다가 즐거운 기억들만 간직하고 살다 죽고 싶어. 지금 난 무섭다. 어린 나이에 공장에 들어설 때의 그 느낌처럼 너무 무섭고 아프다....”

얼마나 울고 또 울었는지 일기장이 다 젖었다. 친구의 엄마는 이미 하늘나라 계셨고 아버지도 많이 편찮으셨다. 정말 법 없이도 사실 분들이지만 그 지긋지긋한 가난만큼은 어쩔 수 없이 달고 사셨던 친구네 가족들이다. 남은 동생들 그래도 웬만히 다들 잘 살고 있던데 친구는 장녀란 타이틀이 가져다 준 가난의 굴레를 혼자서 짊어지고 벗어나려 몸부림치고 또 몸부림을 치다 결국 떠났다. 그때부터 나는 생각이 많아졌다. 가난은 정말 생각보다 훨씬 잔인하다고. 그리고 이때부터 사업에 대한 꿈을 꾸게 되었고 몇 년 후 내 사업을 시작해 친구의 생각을 가슴에 묻고 지금도 한 번씩 하얀 친구의 예쁜 얼굴을 꺼내어 본다.

"나의 친구는 죄가 없다! 그녀는 언제나 열정을 가지고 살았고 최선을 다해 살았다 다만 방법이 달랐을 뿐이다."

친구는 늘 돈에 집착을 하며 아끼기만 하였지 한번쯤 자신을 위해 마음을 들여다보는 여유가 없었을 뿐이다. 지금처럼 좋은 시절에 좋은 책 한 권이라도 사서 즐기며 읽었다면 아마도 지금 행복하게 나와 같이 이야기꽃을 피울 수도 있었을지도 모르겠다.

한번쯤 우리의 마음도 비워서 새 마음으로 강하게 다져 가길 빌어본다. 우리는 살아 있는 한 할 일이 있다고 한다. 가난도 버리고 싶고, 건강도 가지고 싶다면 생각의 바구니를 한번 비워 보고 새 바구니로 장만해 보기를 권하고 싶다. 힘들다고 피하고, 아프다고 핑곗거리를 찾으면 두 번의 희망은 없어진다. 마음을 비우고 새로운 나를 찾아 둥지를 만들어 가는 연습을 하자.

오늘도 내일도.

시와 함께하는 시간

때론 하소연, 때론 감사, 그 어느 한때는 시를. 그렇게 젊은 시절 조금씩 적었던 작은 나의 끄적 노트들. 몇 십 년 동안 그 습관과 함께한 추억의 시간들이 모이고 모여 몇십 권이 되어 있었다. 결혼 초기에는 시집살이에 전념하느라 친정 식구들과 자주 교류하지 못했다. 그땐 그래야 하는 줄 알았다. 그렇게 살아야 한다고 누가 지시한 것도 아닌데, 그것이 옳은 길이라 생각한 바보 같은 새댁이었다. 결혼 전 아버지와의 약속 때문에 더욱 잘하려고 애썼던 시집살이였다. 제사가 많고, 명절엔 손님들로 북적이던 시집이라 친정 나들이는 언감생심이었다.

그렇게 지쳐가던 어느 날, 나는 조그만 수첩에 매일 밤 글을 쓰기 시작했다. 아버지처럼 나도 메모를 하는 습관을 가지게 된 것이다. 그 시간이 쌓이고 글이 쌓이니 욕심도 생겼다. 신춘문예 공모에 참가하고 싶어졌다. 남편도 나의 글을 보고 그렇게 하라고 힘을 실어주었다. 힘들었던 고된 시집살이 속에서 나를 지탱할 수 있는 것은 오로지 글밖에 없다는 믿음에서 비롯된 욕심이었다.

두 해를 연속으로 도전하고 떨어지고 나니, 시집살이를 핑계로 포기하게 되었다. 헤어 나올 수 없는 시집살이는 좋은 핑곗거리를 주며 나를 멈추게 했다. 시부모님 두 분 모두 소천하시고 나서야 비로소 허락된 나의 자유 시간. 그때부터 다시 시작한 나의 끄적 노트는 어느새 제법 쌓여 있었다.

노천명 시인의 〈이름 없는 여인〉을 무척 좋아하던 단발머리 중학생 시절부터 나는 시를 즐겨 읊었지만, 일상의 현실과는 너무 멀었다. 멀리 돌고 돌아 지금에서야 마음을 돌아볼 수 있는 시간이 되어, 비로소 그 옛날 소망이었던 시를 가까이할 수 있게 되었다.

마음의 행복과 슬픔, 그리고 아픔을 짧은 구절 하나로 표현할 수 있는 나의 시. 욕심 없이 순수하게 마음 가는 대로 단어 하나하나를 구슬 꿰듯 엮어가니, 어느새 고운 시가 되고 내 마음이 되었다. 시집살이의 힘듦을 친정에 가서 말하지 못한 대신 글로 적었고, 눈물 대신 시로 녹였던 나의 글들을 생각하면 애정이 새롭다. 그러나 그 많은 사연의 글들이 이젠 어디에도 없다. 몇 해 전, 더 이상 살날이 많지 않다는 회의적인 생각에 모든 것을 정리하고 버렸기에, 희뿌연 기억 저 너머에 있는 약간의 단어들밖에 없다.

그러나 시는 나의 마음을 표현하는 가장 나다운 글이고 말이다. 어느 사이엔가 멀어진 친정엄마와의 관계는 엄마가 떠나신 뒤에야 깨닫는 바보이기도 하다. 사는 동안 걱정, 근심 끼쳐 드리지 않으면 그게 제일 효녀인 줄 알았다. 아닌데, 정말 그게 아닌데 말이다. 그래서 쓰기 시작했다. 엄마에게도, 아버지에게도 그리고 나의 마음에게도. 조금이나마 두 분을 향한 그리움과 죄스러움을 표현하기 위해서 썼다.

그렇게 지어진 '우리 엄마를 보내고서야 깨닫고 지은 불효 여식의 눈물로 올린 시'가 바로 〈고백〉이다.

고 백

이종순

바람처럼 지나가 버린 버스
다시 오지 않을

봄을 가지고 떠났네
얼어붙은 마음 열고 보니
평생 할미꽃처럼 훔쳐보다
소풍 길 가신 가여운 여인이 보이네
걱정 근심 하지 않게 살면
효녀인 줄 알았네
엎어진 잉크 자국 위
마지막 올리는 한 잔의 소주
빙하수 되어 넘어온다.

부모님은 자식이 아무 소리 없이 살아주면 제일 좋아하실 줄 알았다. 바보같이 말이다.

조금씩 아름다운 언어로 표현할 수 있는 시라는 영역이 오늘도 나를 행복하게 한다. 세월의 흐름 속에서 시는 내게 마음의 안식처였다. 시집살이의 고통 속에서도 나는 작은 수첩에 마음을 쏟아부었다. 그 글들은 나의 고백이자 위로였다. 부모님을 향한 그리움과 죄스러움을 담은 글들은 나를 조금 더 나은 사람으로 만들었다. 이제는 그 글들이 사라졌지만, 그 마음은 여전히 내 안에 남아 있다.

삶의 여정을 돌아보면, 우리는 수많은 기억과 감정을 마주하게 된다. 그런 가운데 시는 내게 가장 소중한 친구이다. 아픔과 슬픔, 기쁨과 행복을 글로 표현하면서 나를 찾아가고 있고, 내 삶의 의미를 깨달아 간다.

오늘도 시를 쓴다. 마음을 표현하고, 이야기를 들려주기 위해. 그리고 그 시 속에서 다시 한 번 부모님을 만난다. 그리움과 죄스러움, 사랑과 감사의 마음을 담아. 이제는 모든 것이 과거로 흘러가 버렸지만, 시를 통해 그 시간을 다시 만난다. 그리고 그 속에서 다시 찾는다. 시와 함께하는 시간은 그 무엇보다 소중하다. 오늘도 그 시간을 소중히 여기며, 시를 쓴다. 부모님을 향한 그리움과 사랑을 담아, 나의 마음에서 우러나오는 한없는 그리움과 속죄의 마음을 담아 시를 쓰며, 마음속 깊은 곳에서부터 울려 나오는 소리를 듣고 그리움을 달랜다. 시와 함께하는 시간은 소중하다. 그것이 바로 나의 이야기이고, 나의 삶이되기 위함이다.

제6장

시와 함께 하는 시간

일어나자

이종순

일어나자
이제 일어나야지
허허벌판 차디찬 논밭에
너무 오래 묻혀 있었다

묻혀 지낸 기나긴 겨울
등 밑 축축하다 피득피득 얼어오고
야윈 가슴 얼음장보다 차다

일어나자
작은 짐승들도
허기지고 지친 몸 세워
봄노래 맞춰 춤을 춘다

일어나자
차디찬 가슴 아주 얼어붙기 전
야멸친 세상 어지러워
비틀거리더라도
봄날 새싹들처럼 일어나자

이별의 편지

이종순

매서운 바람에 실려 보낸
이별의 편지를 받았나요

불러도 대답 없이 냉랭하기에
통보의 글을 보냈어요

휘날리는 꽃잎들은 달콤한 말로
사랑의 편지를 보내옵니다

달달한 꿀벌이 웽웽 소리를 내며
우체부가 되었지만

보낸 이별 편지에 답장이 없어
저 멀리 휘날리는 꽃잎에
아쉬움을 실려 보냅니다.

아버지의 커피

이종순

코끝에 느껴지는
강하고 부드러운 향

쓰디쓴 탄약 매일 마신다
쏘아붙이는 잔소리
뒷전으로 흘리고

한 모금
또 한 모금씩
행복하게 드시던
부처님 미소 같으신 얼굴

60여 회의 봄을 맞이하고야
제대로 느껴지는
쌉쌀한 향기와 그리움

이 속에 나의 하늘이 담겼네

추억의 그날들이 밀물처럼 밀려드는
그리움…
커피 한 잔에 부처님의 미소가

그리움으로 허전한 가슴엔
엄마의 잔소리가 바가지가 되었던
그날들이 너울처럼 밀려온다.

봄 마중

이종순

향긋한 바람에 시린 눈
살짝 쿵 설렘으로 치유하고

순결한 봄바람
가시내 궁둥이 달싹달싹

수줍던 아낙 어디 가고
흰 눈 소복이 내려앉은 아낙 머리 위
봄 햇살만 가득하네

물안개꽃이련가
목련꽃이련가
바람에 실려 온 향기
노을 속에 스며드네

가버린 친구에게

이종순

거긴 어때
아프진 않아
보고 싶지 않아
묻고 있잖아

잘 있다고
안 아프다고
보고 싶다고
해주면 안 되니

산등성이 붉은 옷 걸치고 넘어가는 해가
너의 얼굴처럼 곱다

환한 미소 속 너의 덧니가 이젠 아련해져 간다
폭장 대소하며 배를 잡던 너의 모습도 희미해져 간다
저무는 저 해가 내게 눈치를 준다
그래도 잊지 말라고

저 멀리 달아나 버린 너의 얼굴을 그려
보석 상자 속에 넣어둔다

먼 훗날 언제라도 널 볼 수 있게

태풍

이종순

가로수 아래 금빛 낙수
기다리는 농부 마음
굵은 주름 속 애절함은
오지 말라 밀어내는 흑빛 서래질

갈증 남긴 대지
오아시스 샘물
흑빛 회오리 만 갈래 휘갈김에
야속타 원망하는 여린 농심

얄은 손바닥 엎어치는
어리석은 농심일랑
야속타 서러워 말고
자식처럼 품어 주소

작은 농부 속앓이
솜사탕에 얹어 주고
모은 두 손 받아주어
질은 시름 지워주소

동장군

이종순

간밤에 내린 서릿발 위
퇴색된 시간의 추락
무너진 계절의 절규
무서운 동장군의 기세

서녘 넘어선 먼 석양의
포근함은
익어가는 시간의 잉태인가
켜켜이 세월 입고 붉게 물든
아낙의 두 뺨인가

못내 아쉬워 거친 숨
훠이훠이 토해내는
서릿발 세운 동장군도
꿈틀대는 땅속 입춘 놈 입김에
꺼이꺼이 서럽다.

마음의 창살

이종순

마음의 창살일랑
만들지 마라
너는 그리 살거라
나는 이리 살련다

세상이 뭐라 해도
너는 배 꽃
나는 사과 꽃

힘들 때 힘들다
좋을 때 좋다 아이마냥 속삭여라

달려오는 인생
지나치는 인생
너는 나
나는 너

갓 쓴 아이 힐끔거림에
마음 아려 울지 마라

소리없는 이별

이종순

풀 바람 끝
스며든 녀석
어느새 가버린
뜨거웠던 녀석

야야
소리 없이 말없이
고마
가버렸구나

이리저리 풀벌레소리만 가득
어미 찾는 귀뚜라미 소리
살짝기 들려오니

들국화 향기
네 자리
꿰차겠구나

보름달

이종순

검정 봉지 주렁주렁
울 어매 생각난다

알록달록 꼬지 전
울 아배 생각난다

떠밀려 가는 세월
얄미운 시간
환한 보름날 둘러앉아
윷가락 던지던 손들 오간 데 없네

살짜기 그날 보름달
내 집 머리 모셔도
울 아배 던지던 윷가락 보이질 않네

달 항아리

이종순

담자

건강
열정
희망
성공도

너에게
모든 걸
담아보니

내가 세상이다

지하 주차장

이종순

찌이익 찌이익
아야 아야
내 살갗 아파 죽것소

끼익 끼익
조금만 천천히 돌려주오
내 살갗 찢어지오

어둡고 외로운 몸뚱이
엊그제 화장시키고
어찌 그리 야속하오

천천히 지나주오
내 살갗 혈이 성성하니 아프오

아픈 살갗 새살 돋으려면
이녁 주머니 털어야 한다오

아장아장 걸음마 걷는
아가처럼
천천히 즈려밟고 가주오

초록 여름

이종순

초록빛 물든 개울가
물 메기 누워있고
졸졸졸 흐르는 음악소리
산새들 나래 펴고
바람이 지휘 한다

이끼 품은 바위
초록 빛 얼굴 밀어
햇살 주워 담고
개구쟁이 개구리
냇가에서 노래한다

까만 밤은
폭죽 같이 피어나고
알알이 피어나는 반딧불이
초록 속에 영롱하다

올해

여름밤은

비워진 마음속

달달하게 채워 진다

비

이종순

바람에 흔들리는 춤사위

초록 물 가득 마음을 채우는
울 아베 시원한 부채질
그리움 되어 춤을 추네

첫 사랑 그리운 마음

흐느껴 쏟아 낸 눈물 비
우산 하나 꺼내들고
비와 함께 춤을 추네

산책로 수국들
빗속에 파르르

비에 흔들리는 능소화가
멈추지 않는 너울춤으로
초록 숲의 무대에 화답하네

〈추모시〉

복사꽃 당신

이종순

구름 한 점 없는 하늘
복사꽃 같은 당신
홀로 소풍 가시나요
토라진 건가요
외로워진 건가요

옥빛 날개 입으시고
비단길 밟으며 가시어요
질은 고뇌 던져 버리고
꽃길로만 가시어요

만개한 미소일랑
예 남겨두고
떨어진 눈물일랑
송이송이 피게 하시어요

에필로그

유난히 아름답게 빛나는 햇살이고 하늘이다. 모든 게 감사함으로 다가온다. 살아오면서 지금처럼 나에게 진심인 적은 없었다. 딸이었고, 아내, 엄마, 며느리 등 달라고 하지 않은 명함은 싫다고 밀어내도 내 어깨에 올려 두고 살아야 했다. 누구나 그랬을 것이지만 하나의 명함마다 저마다의 책임과 의무가 따라야 하고 거기에 맞는 점수가 이어져 있었기에 최선을 다 하지 않을 수 없는 직함. 이젠 그런 직함을 조금 가볍게 가져갈 수 있는 시기이다.

나의 어깨와 마음에 한결 편한 시간이 감사이다. 세 번의 죽음을 지나고 보니 보인다. 내가 가야 할 길과 가고 싶은 길이 어느 쪽을 향하고 있는지. 40대의 찬란했던 행복이 얼마나 값지고 감사한 순간인지, 50대의 보이지 않는 외로움과 노후를 위한 준비과정이 얼마나 두려운지, 그리고 60대의 지금이 얼마나 가벼운 마음과 함께 새로운 인생 2 막을 잘 시작할 수 있는지를.

애썼다. 수고했다. 고맙습니다. 감사한다는 말을 들어가는 60대의 내 인생은 이제야 제대로 나다운 새로운 삶을 꿈꾸고 있다. 비록 아직은 완벽한 정상인도 아니고, 언제라도 나빠질 수 있는 황반 변성이라는 녀석도 함께 하는 시간이지만 진정한 내 모습을 들여다보고 지나온 시간들의 허점을 찾아보기도 한다. 누구나 오늘은 처음이다. 그렇기에 실수를 하고 실패를 할 수 있다. 그러나 그 허점들이 잘못된 것이라는 생각은 하지 않게 된다. 달라고 애타게 기도하고, 애원하지 않아도 찾아오는 오늘이 얼마나 소중하고 귀한지를 알아간다. 사람은 살아온 만큼 보이는게 있다고 한다.

내 인생을 바꾼 마지막 전환점은 암환자의 시점에 포기한 모든 게 절망이었고, 수렁으로 들어가는 시기였지만 손녀의 작은 손을 잡고 젖내 나는 향기를 맡으며 일어나 살고 싶다는 의욕이 생기면서부터이다. 작은 내 후손을 보고 살 방법을 찾았고, 열심히 어둠의 터널을 지나 새로운 목표가 생기고 감사함을 더 느끼며 하루하루 행복으로 채워가는 축복의 날을 살고 있다.

타인과의 비교도 하지 않고, 오로지 나를 직시하며 누군가에게 도움이 될 수 있는 선한 영향력을 줄 수 있는 사람이 되기 위해 배움을 게을리 하지 않고 과거에 집착하지도 않는다.

김형석 교수님의 "인간은 죽을 때 까지 책을 손에서 놓지 않아야 한다"라는 말씀처럼 매일 조금씩이라도 책을 읽고 나를 바라본다. 아직은 신중년의 내가 때로는 비우고, 허점을 보이며 살 수 있는 용기도 생기고 있다. 건강한 마음과 몸을 유지하면 세상은 언제나 감사이고 행복이듯, 내 하루가 누군가에게 희망이 될 수 있고, 나눔을 할 수 있다면 그보다 향기로운 인생의 꽃은 없을 것 같다. 실패를 하더라도 나를 질책하지 않고 그것으로 배움을 가질 수 있는 지혜를 얻어 가는 중이다. 앞으로 펼쳐질 내 삶의 방향에 향기로움과 희망을 전하는 메신저가 될 것이 분명하기에 내 옆에서 한 잔의 커피를 타 주며 "작가님 블랙커피 한잔 드시며 하세요" 라는 감사한 날들로 이어지고 있다.

책을 쓰며 생각한다. 지금 쓰는 이 글이 누구를 위한 글이 될 수 있느냐고. 그리고 답을 한다. 나처럼 육체적 아픔과 역경에 있는 사람. 무엇이든 하고자 하지만 길을 몰라 이것저것 두드리며 마음만 바쁜 사람. 할 것은 많은데 선택을 못하겠다는 사람. 외롭고 힘들어 죽고 싶다는 생각을 하는 사람들에게 용기와 힘이 될 수 있게 그들에게 다가가 손을 내밀어 줄 것이다.

죽을 듯이 힘들어도 시간은 어차피 주어진다고 말을 해 주고 따스한 어깨를 내어 주며 기대라고 할 것이다. 내게 주어진 인생 2 막은 연초록의 봄날 같은 푸르름이 있고, 계단 모퉁이의 작은 틈새에서 자라는 구절초의 여린 얼굴로 희망의 메시지를 전하는 끈기와 용기가 있다.

이런 말을 할 수 있도록 옆에서 많은 힘과 용기를 주신 꿈꾸는 서 여사님(서미숙 대표님)과 어설픈 새내기 작가의 글을 마음을 다해 봐 주신 글로공명 이지아 작가님, 작은 꿈을 하나 둘 철저히 키워 나가게 똑 부러지게 일러주신 부자마녀님, 부자 메뉴얼 식구들과 엄마성장 클라스의 식구들, 문학고을 식구들, (사)THE BIFF CLUB 식구들과 나의 친구들에게 감사한 마음을 전한다.

그리고 나의 영원한 지게꾼이자 사랑하는 남편, 사랑하는 내 아들, 딸, 손녀들에게 이 책을 바친다. 당신들이 있기에 지금 여기, 이곳에서 나는 행복한 꿈을 설계하며 오늘도 미소로 채우는 감사한 날을 가질 수 있습니다.

마지막으로 이 글을 끝까지 읽으며 동행해 주신 독자님 들께 진심으로 감사드립니다.

감사합니다.
사랑합니다.